たとえばこの
ちいさなものがたり
そのどこかから
あなたのもとへ
ひとつのいのりが
しずかに　しずかに
とどきますように

ゆき 作

かわい みな 絵

目次

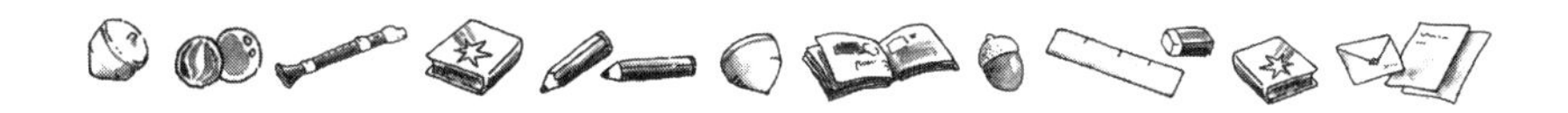

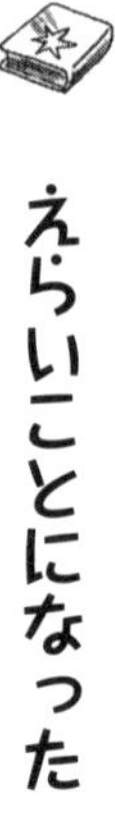

まあ！と先生は言った。

目がもう、うるうるしてる。

「はじめてよ、そんなこと言ったのは、てつじくんがはじめてよ」

こまっちゃったな。

大人になったら、どんな仕事をやりたいかって、いつものあれだよ。

おれ、総理大臣になると言ったんだ。ほんのじょうだんさ。

「先生ね、すごく感動した！」

おれたちの先生——みゆき先生——は、なりたてほやほやでさ。

「そういう大きな夢を持ってる人、先生は好きだなあ。いっしょにがんばろうね」

うーん、がんばろうって言われてもなあ。

じつはおれ、あんまり勉強ができないんだよ。運動もさっぱりさ。百メートルを六人で走ったら、たいてい四着だよ。ソフトボールでも、三振ばっかりで、ベースをふんだことがないんだ。あはは。

しかし、みゆき先生があんなによろこんでくれてるんだもん、ちっとはやる気を見せないとな。

とはいうものの、総理大臣になるためにはどうすりゃいいんだろうね。

てなわけで、本屋さんに行ったのさ。一さつぐらいは役に立ちそうな本があるんじゃないかってね。

野球選手や、サッカー選手になりたいやつにはうってつけの本がけっこうあったよ。ほかにも、お医者さんとか看護師さんとか、そういうのをめざしているやつのために、いろいろ本が出ているみたいでさ。

でも、ないんだよ。かんじんの総理大臣への道を教えてくれる本が――。

店員さんをつかまえてたずねたら、「望みをかなえるおまじない」の本と、「きみたちも超能力が使える」みたいな本を出してきてくれた。

だけど、二さつも買えやしないよ。だから、おれ、安いほうに決めたんだ。超能力の本さ。おつりが二十円ぽっちだったっけ。

ところでさ、その本を買ったお金ってのが、床屋さんに行きなさいってことで、もらったお金なんだよ。

さあ、どうする？

買ったばかりの本を、ぱらぱらめくってみたら、こんなことが書いてあった。

「つよくつよく思いつづけると、どんなことでもそのとおりになります」

うん、これだな。

おれはさっそく、かみの毛が短くなるように、つよくつよく思ってみたんだ。かたく目をつぶってね。

五分ぐらいたったところで、頭に手をやると、なんだかかみの毛がちょっと短くなったみたいでさ。このままほうっておいたら、まるぼうずになっちまうかもしれない。ここらでやめとこう。

それで、夕ごはんのときだったんだけど、

「あら、あんた、床屋さんに行かなかったの？」

とママに言われてさ。こりゃあ超能力は失敗だったんだな。

「明日にするよ」

って、うまいこと言っといたよ。

しかし、なんせ二十円しかないんだよなあ。

次の日、おれは友だちのひろしに、二十円やるから、さんぱつをやってくれってたのんだのさ。

「二十円？　いいとも」

って、ひろしははさみを取り出した。

けれど、学校で使うはさみってのは、あまり切れないんだね。ひっかかってばかりだ。お昼休みが終わるころには、おれの席のまわりは毛だらけになっちゃって、ひろしもだんだんめんどくさくなってきたらしい。

「よし、できあがり！」

「おお、ありがとよ」

あちこちがちくちくして、ちっともさっぱりしなかったけれど、しかたないさ。

おれがもぞもぞしているのを見て、となりの席のめぐみが、

「体育の服に着がえればいいのよ」

と教えてくれた。

やっぱりめぐみは頭がいいや。なんたって、学級委員だもんなあ。つまり、クラスの総理大臣みたいなもんだよ。

でも、おれひとりだけが体育の服だからさ、すごくめだつんだよね。

教室に入ってきたぬまちゃんは、すぐにおれの頭がへんちくりんなのに気づいてさ、

「てつじくん、どうしたの、それ？」

ってびっくりしてた。

ぬまちゃんは、ほんとはぬまたさんといって、理科や家庭科のときだけ、先生のお手伝いをする「助手」で、まあおれたちのおねえさんてところだ。

あとからやってきたみゆき先生と、ぬまちゃんとは何やら相談してたけど、ひろしのやつ、青くなってさ。しかられると思ったんだね。こっそり二十円をかえしてきたよ。


おれ、ぬまちゃんと保健室に行ったんだ。

ぬまちゃんは、ぴかぴか光る大きなはさみで、ざくざくちょきちょき、さんぱつのやり直しをしてくれたよ。

鏡にうつってるおれは、ちっともへんじゃなかった。

「どう、気に入ってくれたかな？」

「うん」

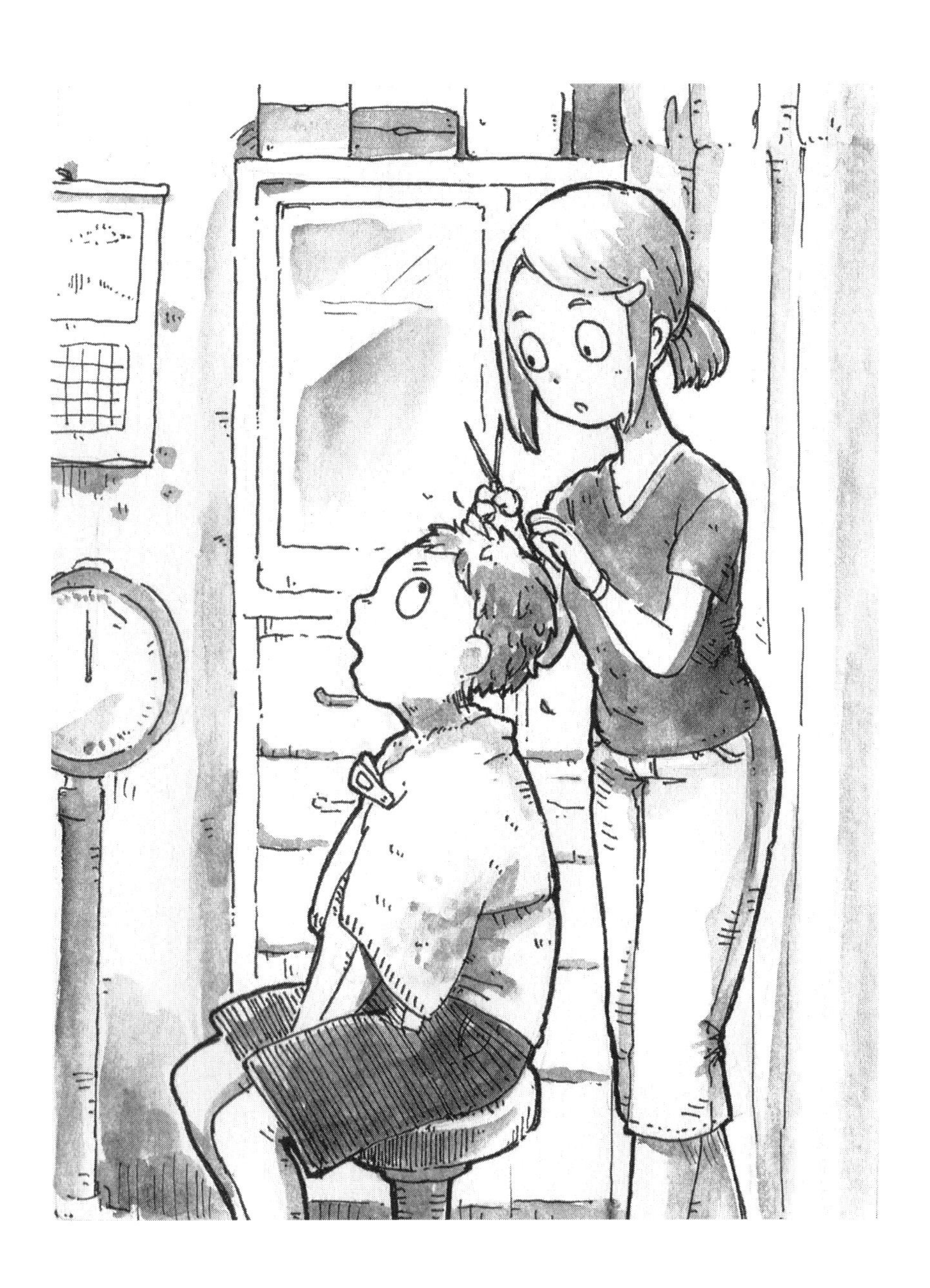

「かみの毛を切られたの、だれかのいじわるなの？」

「ちがうちがう。おれがたのんだのさ」

おれはぬまちゃんに、超能力の本を買ったために、床屋さんに行けなくなったという話をしたのさ。

そいで、つよくつよく思いつづけたならば、どんなことでもそのとおりになるんだって言ったら、ぬまちゃんは
「へえー」

と感心してたよ。

あんまりいろいろたずねられるから、その本を貸してあげることにしたんだ。

ぬまちゃんたら、すごくよろこんじゃってさ。

一週間ぐらいしてから、ぬまちゃんにかえしてもらった本には、手紙がはさんであったっけ。

「てつじくんへ。大切な本を長いあいだどうもありがとうね。とってもおもしろかったわ。読んでいるうちに、私もほしくなっちゃって、とうとう同じ本を買ってきました。いつも手もとにおいて、友だちみたいにつきあうつもりです。ではまたね」

ってさ。

こういう、ちゃんとした手紙をもらうのははじめてだ。てれくさいけど、なかなかいいもんだね。

でも、ありがとうを言わなくちゃいけないのは、おれのほうなんだよ。だって、ぬまちゃんのおかげで、床屋に行かずにすんだんだからね。

ありがとよ

おれたちの小学校の近くに、落語のおじいちゃんが住んでいるんだってさ。

ほんとうは日本でも五本の指に入るくらいの、えらいおじいちゃんらしいよ。

そのおじいちゃんが、おれたちに落語を聞かせてくれることになった。

入学式のときみたいに、みんな講堂に集められてね。

はじめに校長先生から注意があるわけよ。

「おもしろいときには笑ってもよろしい。しかし、そうでないときはさわがずに、しずかにお話を聞くこと」

ってね。

正面のだんの上にはマイクとざぶとんが用意してあった。

ひょこひょことあらわれた落語のおじいちゃんは、ざぶとんにすねを乗せて、ぴたりとすわり、きょろきょろあちこちを見まわしていたかと思うと、いきなり大きな声で

「どっかーん！」

とさけんでひっくりかえっちゃった。

おれたちみんな、とびあがってびっくりしたよ。

「はい、今日はこれでおしまい」

おじいちゃんは、またひょこひょこと帰っていった。

あっけにとられるってのはこれだな。

次のしゅんかん、どっとものすごい笑いが起こった。

でも、まさかほんとうにあれだけだとはね。

またおじいちゃんがあらわれるだろう、ってみんなそう思ってたよ。先生たちだっておんなじさ。

しかし、いつまでたっても、おじいちゃんは出てこない。

ざわざわがはじまった。

すると、めぐみがすっくと立ちあがって、

「あんなの、おかしいです！」

と言ったんだ。

ざわめきが、ぴたっとやんでさ。

「あんなの、だれだってできます。落語って、ああいうものではありません」

めぐみは、かなりこうふんしてたみたいだ。

校長先生は、うんうん、とうなずいて、

「ぼくからも、もう一度ここへ来てくださるようにおねがいしてみよう」

と、講堂を出ていった。


しばらくすると、落語のおじいちゃんをつれて、校長先生が帰ってきた。

だんの上にあがったおじいちゃんは、にこにこしながら、

「さっきのあれ、だれでもできるんだって？　ではやってもらいましょう。えーっと、ど

なたでしたかな……」

と言った。

「はい」

めぐみが手をあげる。

「さあさ、えんりょなくこちらへおいでなさい」

おじいちゃんに手まねきされて、めぐみはだんの上のざぶとんにすわったのさ。

かわいそうに、青くなってたよ。

「はい、どうぞ」

とおじいちゃんに言われたけれど、めぐみのやつ、なみだをこらえるのがせいいっぱいなんだ。

おれ、だまってられなくなってさ、

「おーい、めぐみ、タッチこうたいだ!」

と、だんの上までかけのぼったんだ。

めぐみを押しのけて、ざぶとんにすわって、

「よーし。どっかーん」

とひっくりかえってやった。

笑いどころか、しーんとしてるんだぜ。

まったく、いたたまれなかったよ。

でも、落語のおじいちゃんは、ほうほう、なんてうれしそうなんだ。

「はじめてにしちゃあ、なかなかのもんだ」

ってさ。

それからおじいちゃんの特訓がはじまった。

「どっかーん」「どっかーん」

と、おれは何回ひっくりかえったか。

いきおいがつきすぎて、頭をごつんと打ったとき——どっとみんなが笑ったよ。とにかく汗びっしょりさ。

そのあいだ、めぐみはずっとそばにいたんだけど、

「おい、いっしょにやってみようぜ」

と、ふたりで「どっかーん」とひっくりかえった。

そしたら、それが爆笑を呼んでさ。

落語のおじいちゃんも、

「それだ。それだよ」

と拍手を送ってくれたんだ。

そいで、おじいちゃんは
「みなさん、今日はいいものを見ましたなあ」

とお話をはじめたのさ。

――落語ってのは、おもしろくて楽しい話のことなんだが、ぼくはそれよりも、落語というものを「いっしょうけんめい」ということだって思ってる。わずか一秒であっても、そこに「いっしょうけんめい」が、ぴかっと光っていたら、それが落語なんだ。今日のこのふたりは、ものすごく「いっしょうけんめい」だったよ……。

めぐみったら、せっかくほめてもらったのに、しょんぼりしちゃって、

「えらそうなこと言って、ごめんなさい」

とあやまるのさ。

「いいんだよ、いいんだよ。さ、自分の席に帰りな」

落語のおじいちゃんはそう言って、ざぶとんの上にすわった。えへん、とせきばらいを

ひとつして、「むかしむかし、あるところに太郎という若い男がいたのだがね」とはじめたのは、おなじみの浦島太郎の物語だったのさ。


いやもう、おもしろかったのなんの。

浦島太郎が、いじめられてるカメを助けるだろ、それで竜宮城へゆくだろ、乙姫さまとなかよしになるだろ、帰るときに玉手箱をもらうだろ、ちっちゃいときからなんべんも聞いたあのおとぎ話が、こんなにわくわくするものだったとはね。

でも、それだけじゃ終わらないんだ。

玉手箱をあけて、太郎はおじいさんになった――なんと、こぶとりじいさんにだよ。

そのこぶとりじいさんが、いつのまにやら花咲かじいさんになっちゃってさ。

「さくらの花が、満開だ。花びらがはらはらこぼれるよ。さあっ、さささ……風が吹くと、むこうも見えないくらいの花ふぶきだ。うわあ、こりゃすごいってんであたふたしてるうちに、じいさんは若がえってね、うれしくなってあちこち歩いていたら、浜辺に着いた。するとどうだい、いたずらっ子たちがカメをつかまえてさ、棒っきれなんかで、つつきまわしているじゃないか。そのカメを助けてやったら、竜宮城へつれていってあげます、なんぞと言われてね──」

おしまいのほうは、むにゃむにゃ言ってるだけなんだよ。そのとき、うまいぐあいにチャイムが鳴ってさ。落語のおじいちゃんは、ゆっくり頭を下げた。「ちょうどお時間でございます」

おれたち、手がまっかになるくらい拍手したよ。

めぐみのほうをそっと見たら、手をたたきながら、ぽろぽろと泣いてやんの。

ううん、泣いてるのはめぐみだけじゃなかった。みゆき先生も、ぬまちゃんも、ハンカチを目に当てていたっけ。

次の日、おれとめぐみは、あのおじいちゃんからだって、扇子を一本ずつもらったよ。

ぱらぱらとひらいてみたら太い字で

「ありがとよ」

と書いてあった。

パープー

おれは思うんだけど、小学校の五年生ともなれば、だれでも宝物のひとつやふたつは持っているはずさ。

そいで、クッキーなんかの缶があいたら、二枚や三枚ぐらいはしんぼうしたって、入れ物だけは自分のものにしたいわけよ。

もちろん宝物をそこにしまっておくためにね。

まだそういう宝物がなくても、入れ物さえあったら、もうそれだけでうれしくなっちゃうよ。

おれの宝物は――パープーだ。

道でひろったんだよ。おとしだったかな。

どういうわけで、あんなものが落ちて

いたのかふしぎだけどさ。
しばらくは、持ち主があらわれそうで、ひやひやしたっけ。
パープーってのは、つまり、パープーと鳴るから、おれがかってにそう呼んでいるだけでね、黒いゴムのボールみたいなのに、ちっちゃなラッパがついているやつだよ。
ゴムのボールを、ぎゅっとにぎると
「パー」、
手をはなすと、へこんだボールがもとのとおりにふくらんで
「プー」、
だからパープーさ。
もっとも、やり方しだいでいろいろに変わるよ。
ゆっくりとにぎって、ゆっくりとゆるめると、「スー、ハー」としか鳴らないし、せわしなくぺこぺこやれば、「パプパプ」だ。
とにかく楽しいんだぜ。
これひとつあったら、なやみごとなんかどこかに行っちゃうのさ。
ところが事件が起きた。

友だちのひろしが、盲腸の手術をしたんだ。

入院したんだよ。

いっぺんに、おおぜいで押しかけたら、ほかの人たちがめいわくする、てんでクラスで五、六人ずつ、順番におみまいにゆくことになった。おれは三番目のグループさ。

さきに行ったやつらの話を聞くと、ひろしは
「たいくつだー、たいくつだー」

ってぼやいてるらしい。

ひろしには、さんぱつしてもらったりで、せわになってるからなあ。何か持って行ってやりたいと思ったんだ。

となると、パープーしかないわけよ。これよりほかにいいものがあるかい？

ちなみにめぐみは、ひろしの似顔絵をかいて持って行ったんだそうだ。あいつは学級委員だから、いちばんはじめのグループでね。

ひろしのママはすごくよろこんで、すぐにかべにはってやったんだってさ。

だけど、はっきり言って、おれのパープーにゃかなうまい。

おれは自信満々だったのさ。

あんがいひろしは元気でね。

おれの顔を見るなり
「よっ」

とか言うのさ。

おみまいに行ってやって、ほんとうによかったよ。

「わざわざありがとうねえ。あ、そうだ、ジュースを買って来るわ」

って、ひろしのママが出ていったから、おれたちはのびのびしちゃってね。できるだけへんてこりんな顔なんかして、笑わせてやったんだ。

「やめてくれ。傷が、傷がいたい」

そこへひろしのママがもどってきた。

おれたちに出してくれたのは、ジュースではなくて、サイダーだった。ちゃんと一本一本に、ストローがさしてあったよ。

それを見て、ひろしが言った。

「へんなことをするなよ」

「へんなこと？　へんなことって、これか？」

おれはストローをぶくぶく吹いたんだ。

なにしろ、サイダーだからな。しゅわしゅわとあわが出るわ出るわ、それを見ていっしょにいたやつが、ふき出して鼻からサイダーを飛ばすわ、ひろしのママまで大笑いさ。

となりのベッドに寝ていたおにいさん――あとでわかったんだけど、高校生なんだってよ。そのおにいさんも、よそのほうを向いてにやにやしてたぜ。

おれたちが帰るとき、ひろしのママはとなりのベッドに
「うるさくしちゃって、ごめんなさいね」

と声をかけた。するとおにいさんは
「いいえ。うらやましいですよ、ひろしくんが」

ってさ。

病院を出てから、はっと気がついた。

おれ、ひろしにパープーを渡すの、忘れてたんだ。

だから、おれだけもう一度ひきかえしたのさ。

そしたら、ろうかで制服の女の子が、ドアの中をそっとのぞいていた。

ぴんと来たね。

この人は、あのおにいさんの友だちにちがいない。おみまいに来たんだよ。それも、たったひとりでね。


うーん、ひとりでおみまいか……。

おれたちみたいに、わいわいしながらはいってゆくわけにはいかないよなあ。

と思ってたら、その人、そのまま帰りかけるのさ。せっかくここまでやってきたのにね。

すれちがうときに
「あの、おねえさん」

と言ったら、

「はい？」

って首をかしげてた。

「おれといっしょにはいろうよ」

「えっ？」

「いいから、いいから」

おねえさんの手をひっぱって、おれはまたさっきの部屋にはいったんだ。

ひろしのママが
「あら、忘れ物？」

と言った。ひろしは
「またてつじかよー」

と、もうおなかを押さえてやんの。

おれは、パープーを取り出して、かるく鳴らした。

パプー、パプー。

となりのベッドのおにいさんがふり向いた。

「あっ」

おれのそばに立っていたおねえさんは、小さな声で
「こんにちは」

と言って、おにいさんのベッドのほうへ行ったのさ。

おれがひろしにパープーをさし出して、

「これ、やるよ」

と言ったら
「そんなもの、いるかよ」

と笑いころげてたよ。

そしたら、となりのおにいさんが
「だったらぼくにくれないか」

って。

もちろんあげたよ。

おにいさんのうれしそうな顔ったらなかったね。

おみまいに来たおねえさんとふたりで、かわるがわるパプパプ鳴らしてたよ。

「じゃあな」

と部屋を出ようとしたら、おねえさんが手をふってくれた。おにいさんは、あれをまたパプッと鳴らしてくれたんだ。

もうだめだ

ひろしのおみまいに行ったあの日——おれだけがべつべつに帰ったものだから、そのあとのことはちっとも知らないんだけど、たいへんだったらしいぜ。

帰りの道で、女の子のだれかが
「けっこんするなら、どんな相手がいいか」

って言い出してね。

それがいつのまにやら、おれたちのクラスだったら、だれとけっこんしたいかって話になったんだそうな。

えーっと、あのときは女の子が三人で、男の子はおれがぬけたんで、まことひとりだったかな。

まことの話じゃ、むりやりに名前を言わされたってことだ。

「なんとかさんでしょ？」

「ちがうよ」

「それなら、だれそれさんだ。でしょ？」「ちがうって」

ひとりひとり女の子の名前を出されたあげくに、めぐみのところで、まことのやつ、
ひっかかっちまったらしい。

「あー、めぐみかー」

「めぐみだ、めぐみだ」

いやはや、まったく。

そこまでやっといて、女の子たちは自分のお気に入りの男の子のことは
「ふふーん」

とか言って、ごまかすんだからなあ。

「ずるいぞ」

ってまことがおこったら、

「いやなやつなら言ってもいい」

だと。

そいで女の子たちは口々に
「てつじはだめね」

「てつじだけはごめんだわ」

「そうそう。てつじはペケ！」

だってよ。

えへへ、おれはペケかあ。

「総理大臣になりたいとかいって、ばっかじゃないの」

「なれるわけないじゃーん」

それからはずっと、おれのことでああだこうだと盛りあがったんだってさ。

そして、結論。

「へんな男の子はぜったいアウトね」

「そう。てつじはアウト！」

まことが
「じゃあ、おれは？」

ってたずねたら、

「いちおうセーフ」

だと。

入院中のひろしも、セーフだったみたいだぜ。ていうか、きっぱりアウトにされたのは、どうやらおれだけみたいなんだ。

ところが、おれ、ぜんぜん平気なのさ。

へへえ、ああそうかい、てなもんだ。

むしろ、ちょっとはしゃぎたくなったくらいでね。こういうところがつまり、へんなやつってわけだろうな。


あ、そうだ。

おれ、「つまんないやつ」って言われたこともあるよ。

そら、あの落語のおじいちゃんがやってきたときに、

「どっかーん」

をみんなの前でやっただろ？

あれですっかり有名になっちまってさ。

たぶん、六年生のやつだと思うけど、いきなり
「おい、どっかーんをやれ」

って言われた。

するもんか。

だまってすりぬけていったら、おれのうしろで
「けっ、つまんないやつだな」

だってよ。

そのときは男子だったけど、六年生の女子にもおなじことを言われたんだぜ。

「どっかーんってやってよ」

てね。三人ぐらいいたっけな。とおせんぼまでするんだもんなあ。

「一回だけ。ね、一回だけ」

しないってば。

みっともないけど、おれ、走って逃げたよ。

「つまんなーい」

って笑われちゃった。

そこまでじゃなくても、学校の中を歩いているだけで、「あいつだ」「あいつだ」と、ひそひそ指をさされるなんざ、しょっちゅうだよ。あの事件のことじゃ、ママにまで
「あんた、何をしたのよ？」

と言われてさ。うわさがひろまってたんだ。

なんでも「おたくのてつじくん、えらいんですってねえ」と、おかしなことを吹きこまれたらしいよ。

なのに、いっしょに「どっかーん」をやっためぐみのほうは、べつにかわったこともないみたいでさ。どうなってんだ。

とにかく、おれはもう、「どっかーん」なんてやらないぞって決めてたわけよ。

ところが決めたとおりにはなかなかいかないもんだね。

またやっちゃったんだよ。

落語のおじいちゃんの、誕生日のお祝いに招待されたんだよ。七十七歳になるんだってさ。

あのおじいちゃん、ほんとうは落語の世界じゃすごい人なんだ。お弟子さんもたくさんいるわけよ。で、せっかくお祝いをするんだから、何かおもしろいことをして、びっくりさせてあげようってことになったらしい。

てなわけで、おれが呼ばれたんだ。

それを伝えてくれたのは、みゆき先生だった。

そんなところに出るのは心細いよ。

そしたらみゆき先生がこう言うんだ。

「心配ないって。私もぬまたさんもついてゆくから」

ふーん、ぬまちゃんも来てくれるのか。それだったら、行ってもいいよな。

なあんて、安心してたのに、いざその日その場所に出かけてみたら、それこそびっくりぎょうてんだよ。

なんと花よめ衣装を着せられてさ。

ウェディングドレスってやつだ。

みゆき先生とぬまちゃんと、ふたりがかりで着せてくれたよ。おけしょうまでしたんだぜ。

「てつじくん、かわいいわよ」

と、ぬまちゃんが鏡を持ってきた。

うわあ、これがおれかよ!

たしかに、おれはおれだったけど、まるっきり女の子になってたもん。

若いお弟子さんに
「そろそろお願いします」

と言われて、出ていったよ。おれのうしろから、長い長いスカートのはしっこを持って、
みゆき先生とぬまちゃんがついてきてくれた。

ほら、よく聞くあのけっこん式の行進曲が流れててさ。

落語のおじいちゃん、げらげら笑ってたよ。

しずしずと進んでいって、おれはおじいちゃんのとなりの席についたんだ。

なんだか、ぼうっとしちゃったよ。

するとおじいちゃんが、おれの耳に
「あれをやろう」

とささやいた。あれってなんだ？　あっ、あれか！

ざわめきがおさまったそのしゅんかん、おれとおじいちゃんは、ぴったり同時に
「どっかーん」

とひっくりかえったのさ。笑いの大爆発だ。

あはは、大成功だよ。

それはいいんだけど、このときのいちぶしじゅうが夕方のニュースで流されてさ。ちゃんと「どっかーん」までテレビにうつってた。ママが
「この子、あんたに似てるわね」
って言った。ああ、もうだめだ。

ひらめきたい

でもさ、花よめ衣装がよかったんだな。

そのおかげで、だれにもばれなかったもん。

あのアイデアは、みゆき先生とぬまちゃんが出してくれたんだって。

学校のあちこちでおれがからかわれているのを、ふたりとも知っていたらしいのさ。

どうしてそれがわかったかというと、おじいちゃんのお祝いの会でとった写真を、お弟子さんたちからみゆき先生に送ってきたんだね。その写真をまた、ぬまちゃんがあずかっていてくれてさ。手紙をそえて、おれに渡してくれたわけ。

そのぬまちゃんの手紙に、

「じつはねえ、花よめ衣装はね……」

と書いてあったんだ。

そうだったのか、なるほどなあ、てなもんだ。

写真は五、六枚で、どれもうまくとれてたよ。もちろん「どっかーん」の写真もあったし、ぬまちゃんやみゆき先生、それに落語のおじいちゃんとおれの四人ならんでいるところの写真もあった。

それにしても、あのおじいちゃんはたいしたもんだね。だって、花よめさんのかっこうをしてても、ちゃんとおれだってこと、見ぬいていたんだから。ひょっとすると超能力を使ったのかもしれないよ。

そう思って、おれ、ひさしぶりに超能力の本を読みかえしてみたのさ。

これこれ、これだ。剣道の名人の話。

名人って呼ばれるくらいになると、ただつよいだけじゃなくて、いろんなことがぱっと見とおせちゃうんだってよ。

落語だって、名人になったらそういうことができるんじゃないかな。

総理大臣になるのもいいけど、おれ、名人になってみたいなあ。

名人ってのは、長いことききびしいけいこを積んで、へろへろになって、あるときとつぜん何かがぱっとひらめいて——そうやってなるもんだそうだ。

おれも、ぱっとひらめきたいよ。そしたらたちまち名人になれるんだからな。でも、なんの名人になるんだろ？

おっとその前に、修行しなきゃ。

修行っていったら、旅だな。むかしの名人はみんな、修行の旅に出てるんだぜ。

おれたちみたいな子どもなら、遠足ってとこかな。

というわけで、おれは遠足の日を、首を長くして待ってたのさ。

ほかのやつらには、ただの遠足でも、おれにとっちゃ修行の旅なんだからな。

ひらめきのしゅんかんを、もとめているわけよ。

「それじゃあ、むこうに着くまで歌をうたいましょう」

バスに乗りこんだら、さっそくこれだ。

車酔いをふせぐには、これがいちばんだもんな。

みゆき先生は、やっぱりよく考えてるよ。

ところがどうだ。

「めんどくさーい」

「てつじがうたえよー」

と、あちこちで声があがってさ。

しかも、よりによって、なんでおれなんだよ。

いやもおうもなかった。

前のほうから、マイクが回されてきてさ。

「今からてつじがうたいまーす」

ってけしかけてるのは、ひろしだ。

このあいだ退院したばかりだというのに、こんなときだけ元気になりやがって。

「てつじ、てつじ、てつじ」

バスの中は、てつじコールのあらしだぜ。

いちばん前にすわっていたぬまちゃんが、

「てつじくん、うたってあげたら？」と言う。「ねえ、運転手さん？」だって。

ミラーにうつった運転手さんが、笑いながら、うんうんうなずいてるよ。

しょうがないから
「やまなみ青く……」

って校歌をうたいはじめたら、

「つまらーん、つまらーん」

だと。

だったらどんな歌をうたえばいいのさ。

すると運転手さんが気をきかせて、みゆき先生に
「歌の本も用意してありますよ。そこにはいってます」

とか言うんだ。

そんなものを用意なんかして、こまった人だよ、まったく。

そいで回ってきた歌の本を見たら、大人の歌ばっかりさ。愛やら恋やら、「だきしめて」

やら。こんな歌、ひとつも知らないよ。

そのときだった。

ぱっとひらめいたんだ。

ちっちゃいころ、ふざけてて、どんな歌でも「どんぐりころころ」でやっつけたことがあったのを思い出したのさ。

「なみだにむせんで、どんぶらこ」

「あれからあなたは、さあたいへん」

あはは、これならいくらでもうたえるぞ。

半分やけくそで、三曲か四曲うたったよ。

けっこう盛りあがっちゃってね。

そしたら、ひろしやまことが
「マイクをよこせ」

「歌の本をよこせ」

って、横からひったくりに来るんだ。

どうぞどうぞ、ってなもんだよ。

こうしてわあわあやってるうちに、女の子たちが文句を言い出してさ。

「男子はふざけすぎです」

「もっとちゃんと歌ってほしいと思います」

なんせ、どんな歌でもぜんぶ、「どんぐりころころ」だもんな。
「そんなら、女子も歌えばいいじゃんか」
と、まことが口をとがらせると、みゆき先生が「はーい」と手をあげた。先生は、やっぱり先生だからね。まじめに歌ったよ。テレビまんがの主題歌だったけどね。

これならみんなもよく知ってるから、いっしょに歌える。

みゆき先生の次は、ぬまちゃんが歌った。テレビの音楽番組で、しょっちゅう耳にする歌でさ、みんな手拍子をしてたよ。歌の切れめには
「ぬまちゃーん」
なんて、かけ声まで入れてね。

バスをおりるとき、女の子たちは
「ずっとこのまま乗っていたいのになー」
とか言ってたから、よっぽど楽しかったんだろうな。

みゆき先生が運転手さんに
「おつかれさまでした。帰りもよろしくお願いします」

とお礼を言うと
「いやあ、ぼくのほうこそ、こんなにうきうき運転したのははじめてですよ」

って、運転手さんはぼうしを取って、かるく頭をさげてた。

それからおれたちは、古いお寺を見学して、おべんとうを食べて――うん、ふつうの遠足だね。

おれにとっては修行の旅のはずだったんだけど、正直に言うと、そんなことすっかり忘れていたよ。

もとめていたひらめきは、「どんぐりころころ」だけさ。これじゃあ名人なんかにはなれないだろうな。

学校に帰ってきたのは、夕方前だった。

「てつじくん、ありがとう」

って、ぬまちゃんはハッカのキャンディをひとつくれたよ。しゃぶりながら、ふかく息を吸いこむと、ぴゅーっとすずしくなった。

みそラーメン

さんかん日のことだ。

おやじが来た。

おやじってのは、おれの父親さ。

これは、あたりまえのようで、あたりまえじゃない。なぜって、おやじは、おれが生まれる前から、ずっとおやじだったからだ。

つまり、おやじはママと縁があってもなくても、おやじとして一生そのまんまをとおしていたはずなんだ。仕事がら、そういうことになっているわけさ。

仕事っていうのは、「かんとく」さ。

「かんとく」にもいろいろあるよな。工事とか野球とか映画とかさ。

おれのおやじは、何のかんとくなんだろうね。じつはおれ、よく知らないんだ。

わかっていることは、たったふたつ。かんとくになったら、めったに家に帰ってこないってことと、まわりからは「おやじ」と呼ばれるものだってこと。

そんなわけで、おれの母親はママだけれど、父親はおやじなのさ。

そのおやじが、おれたちの教室に来て、うしろのほうでのっそりとうで組みなんかしてるわけよ。頭はもしゃもしゃ、顔はまっくろに日焼けしてね。

おれもびっくりしたけど、みゆき先生はおれの三倍ぐらいはびっくりしてたと思うよ。

でも、この日は理科の実験をすることになっててさ、ぬまちゃんが手伝いに来てたから、いくらかは落ち着いていられたんじゃないかな。

となりの席のめぐみにこっそり、

「うしろのあいつ――あれな、おれのおやじだぜ」

と言ってやったら、そろりとふり向いてたしかめてやんの。

そいで、ぬまちゃんが近くに来たときに

「あの男の人、てつじくんのおとうさんなんだって」

と、小さな声で教えてやってたよ。ぬまちゃんも小さな声で

「あ、そうなの。ありがと」

てさ。

ひとまずこれで安心だ。あやしいやつじゃないってことだけはわかってもらえたろう。

ぬまちゃんとみゆき先生は、つーと言えばかー、だからさ。目くばせだけで伝わってた

みたいだぜ。だって
「さて、これからどんな実験をするか、おわかりでしょうか。てつじくんのおとうさん、いかがですか？」

なんて言うんだもん。

あはは、おやじのやつ、ぎくっとしてたぜ。

おやじに勉強のことをたずねたって、だめだよ。あごのあたりをひねくりながら
「何かヒントがあればなあ。えー、それはみそラーメンにかんけいがありますか？」

「えっ、みそラーメン？」

みゆき先生とぬまちゃんは、顔を見あわせて、それから下を向いちゃった。笑いを必死でこらえてるのさ。

まことが言った。

「なんでここでそんなものが出てくるんだ？」

決まってるじゃん。おやじの、いちばん好きなものは、みそラーメンなんだよ。

授業さんかんのあとは、こんだん会だね。

「出たいのはやまやまだが、飛行機の時間があるからなあ」

とおやじが言っているのを、ママさんたちが聞きつけて「どうぞおさきに」と順番をゆずってくれた。

おやじは、みそラーメンの話をしたかったらしくて、もやしがどうのこうのと言ってたよ。

「なんだか私もおなかがすいてきましたわ」

とみゆき先生は、にこにこと相手をしてくれた。

「それなら先生は若いんだから、バターを乗っけてもらうといいですよ。元気がもりもりわいてくる……」

おれのことはちっとも話に出なかったぜ。

おやじは、みそラーメンには、なまたまごよりゆでたまごのほうがよくあうんだと言って、時計を見た。「あ、もう時間だ」

「あら、ざんねんですね」

「ということで先生、てつじのこと、よろしくたのみます」

さっさと出ていくおやじに、ママさんたちは、ぽかんとしてたよ。

さあ急げ、ってわけで、おれとおやじはタクシーに乗ったのさ。

めざすは空港だ。

「さんかん日っておもしろいな」

とおやじはごきげんだった。

おととい、ママと電話していて、いっちょう行ってみるかという気になったんだそうだ。

とんぼ返りどころか、つばめ返しだぜ。

「そんなむりなことしなくてもいいのに」

「ははっ、てつじの顔が見たかったんだよ」

それからおれは、超能力の本のことや、名人になりたいことや、まあそういう話をしたわけだ。

何をしゃべっても、おやじはおもしろがってくれたよ。まるでおれのことばが、おやじに吸いこまれてゆくみたいだった。

空港では、ママがおやじの荷物を持って、おれたちが来るのを待っていた。

「会いたくなったら、いつでも言えよ。すぐにでも飛んでくるからな」

「うん。おやじもな」

ママが、早くしないと飛行機が行ってしまうとやきもきしてたよ。

「あわてなくてもいい。飛行機は逃げていかないよ」

とおやじが言ったら、

「逃げてゆくわよ。何を言ってんの」

とあきれてたっけ。

てなわけで、おやじは行っちゃったわけよ。

「ところで、こんだん会はどうだった？」

「みそラーメンの話をしてたよ」

「あー、やっぱり」

とママは言ってたけど、口で言うほどげんなりしてはいなかったみたいでね。

おれ、忘れっぽいからさ。このさんかん日のことだって、じきに忘れちまうだろうな。

そいで、ずっとあとになってから、「てつじのおとうさんはこんなふうだったなあ」と言われて、ああそうだったっけと思い出すのかもしれない。

いや、人に言われたって、なかなか思い出せずに、そのまんま今のおやじと同じ年になっちまうかな。

で、そのころにはおれにも、むすこだかむすめだかがいてさ、さんかん日なんかにとつぜん学校にかけつけるわけよ。そうやってびっくりさせといて、そのくせ自分でも首をかしげたくなるのさ――なんだか、ずっと前にもこんなことがあったような気がするぞってね。

さんかん日の次の日はお休みで、そのまた次の日はいつもどおりに、学校へ行った。

校門のところで、ぬまちゃんに会ったよ。

あの日、こんだん会が終わってから、みゆき先生と、近くのお店でみそラーメンを食べたんだってさ。

「そしたらさ、めぐみちゃんたち家族も来てんのよ。みそラーメンよ」

「ははあ」

「てつじくんのおとうさんって、かっこいいね」

「そんなことないよ」

とおれは言った。でもぬまちゃんは
「ううん、ああいうのがかっこいいのよ」

って言う。それならそれでいいけどさ。

気にすんなよ

ひろしとまことが、けんかした。

ただの言いあいだけどね。

ふたりとも、そうじ当番だったのさ。

となれば、やることは決まってる。

長いほうきを、さかさに指のさきっちょへ乗せて、おっとっと、ってやるあれだよ。女の子には「もう！」とおこられるいつものゲームだ。

おれはへたっぴだからさ、すぐにバランスをくずしちゃう。

だけど、ひろしもまこともすごいんだぜ。

なにせ、ほうきがぴくりとも動かないんだからな。それで勝負がつくまでには、時間がかかるわけよ。

ようやく、ぐらぐらとゆれはじめたのは、まことのほうきだった。

「あらよっ」

と、たてなおしかけたときに、ひろしのほうきに当たっちゃってね。よけそこねたはずみで、天井のけいこうとうが割れたのさ。

「あー」

ひろしは、まことのせいだって言う。

まことは、ひろしのほうきが割ったんだって言う。

それでけんかになった。

ふたりともまっかな顔で、どなりあっているわけよ。

女の子のだれかが、職員室にとんでいった。

「どうしたの？」

と、みゆき先生がやってきた。

ひろしとまことは、あいかわらず「こいつが」「こいつが」だ。

「だれもけがはなかった？」

「ないです」

「ああよかった。あぶないから、ガラスのかけらをかたづけましょう」

って、先生はさっさとほうきにちりとりを手に取ったよ。

あっというまにきれいになっちゃった。

それから先生は言った。

「天井は、ほうきではいたりしなくてもいいのよ」

ひろしとまことは、ぼんやりとつっ立っていたっけ。

先生は、ふたりに握手をさせて、

「割れるときが来たら割れるものなんだから、だれが、だれがってことはないのよ。わかった？」

と言ったんだ。

うん、これでおしまいさ。

ひろしとまことと、しばらくはぎくしゃくしてたけど、すぐにいつものとおりになってね。

ところで、こんどはおれだ。

家で、おさらを落としちゃったんだよ。

もちろん、こなごなさ。

ママに何か言われそうだから、さきまわりして
「割れるときが来たら、割れるものなんだよ。だれが、だれがってことはないのさ」

と言ったら、

「こういうときは、まずごめんなさいでしょ」

って、かみなりが落ちたよ。あはは。


それからしばらくして、これは女の子たちのひそひそ話なんだけど、みゆき先生がほかの先生にしかられてたらしいのさ。――子どもたちに甘すぎる、って。もっときびしくしなきゃだめだ、とか言われたんだってよ。

だとしたら、きっかけはあのけいこうとうのことなんだろうな。

でも、みゆき先生はきびしくなったりしなかったぜ。いつもと同じ、と言いたいところだけど、ちょっと元気がなかったかな。

もしも、おれがその場にいたら、ばーんと飛び出していって、先生の味方になって、

「気にすんなよ」

と言ってやっただろうな。で、よけいにややこしくなっちゃって、ひとりで頭をかかえることになるんだろうな。

　こんなとき、たよりになるのはぬまちゃんだよ。

だからおれ、ぬまちゃんをさがして
「みゆき先生に会ったら、気にすんなよって言っといてよ」

とたのんだわけだ。ところがぬまちゃんは
「なんで？　それ、なんのこと？」

って、ちっともわかってないんだよ。

うわさがどうのこうのなんて、いちいち説明しちゃきりがないよな。

だもんで、

「しょげてるみたいだったからさ。なんだか知らないけど、気にすんな、ってことだよ」

とだけ言っといた。

　そしたらぬまちゃん、

「自分で言えば？　ほら、みゆき先生がこっちに来るわよ」

って。「おーい、みゆき先生！」

うわー、ほんとに来ちゃったよ。

ぬまちゃんてば、呼ぶんじゃないよ。

「あのね先生、てつじくんが先生にお話があるんだって」

「へえ、なんのお話？」

これぞぜったいぜつめいだね。

「先生」

「うん」

「気にすんなよな」

言い終わるなり、おれ、だーっと走った。

どこか、かくれるところはないか。

走って走って、おれ、プールの裏の草むらにうずくまった。

ちっちゃなバッタが、ぴょんと飛んだ。

おれは、超能力の本のことを考えていた。

そいでもって、これはおれの見ている夢なのかもな、と思った。

でも夢じゃなかった。

下校時間の放送が流れはじめてさ。

ものがなしいっていうか、ものさびしいっていうか、そんな音楽がしばらくつづいて、それから

「教室や、運動場にのこっているお友だち、早くおうちに帰りましょう」

って女の人の声が、やさしそうに言うわけだ。

「こんなところにいたのね、てつじくん」

みゆき先生と、ぬまちゃんがさがしに来てくれたのさ。「私のこと、心配してくれたんだって？」

「先生が、だれかにしかられてたって聞いたから」

って言ううちに、ぽろんとなみだが落ちた。

「うふふ。私はまだしかられてないのよ。でも、これからはそんなことがあるかもしれないわね」

そしたらぬまちゃんが
「しかられたって、だいじょうぶよ。こちらには、てつじくんがついてるもんね」

と言った。

「おれのせいで、よけいにひどくおこられやしないかな」

「ところがどっこい、てつじくんには私がついてるんだよ。はい、かばん」

と、ぬまちゃんはおれのかばんをさし出した。長いこと、胸にかかえていてくれたんだね。

かばんはぬくぬくだったよ。

「より道しないで帰んなさいね」

と、みゆき先生は職員室のほうへとわかれていった。

そんなわけで、おれとぬまちゃんは、校門のところまでいっしょだったのさ。

だけど、何をしゃべったらいいのかわからなくってね。

門を出るとき、

「てつじくん」

とぬまちゃんが言った。

「え?」

「気にすんなよ」

ぽん、とせなかを押されて、ふり向いたら、ぬまちゃんの顔が笑っているような泣いているような——。

たぶん、おれもおんなじ顔をしてたんだろうな。

あたりははずれ

おれさ、石ころをけりながら歩くのが好きなんだよ。とくべつ楽しいってわけじゃないんだけれど、なんとなくやめられないのさ。でも、あれって、ひとりで歩くときしかできないよな。そばに友だちがいたりなんかすると、なぜだかすぐに石ころがどこかへ行っちまうんだよ。なかには、おれのけっている石を横取りして、けろうとするやつもいるぜ。サッカーじゃないぞっての。

土曜日の、お昼すぎだったっけ。ママにたのまれて、牛乳を買いに行ったんだ。

とちゅうで、うまいぐあいに、けりながら歩くのにちょうどよさそうな石ころを見つけたのさ。

　しめしめ。

　すこん、とけったら、ころがる、ころがる、どんどんころがって、前を歩いてた女の子を追いこしちゃったよ。

　おや、とその子がふり向くのを見たら、めぐみだった。

「なんだ、てつじくんか。どうして石がころがってきたのかなって思ったわ」

　めぐみはこれからピアノ教室にゆくところだったらしい。

「ふうん。ピアノをならってんのか」

「そうだ、てつじくんもちょっとよっていきなさいよ、ジュースが出るわよ」

　ピアノの先生は、生徒がだれか友だちをつれてきたら、ジュースを出してくれるんだってさ。そいで、「よかったら、きみもならいに来ない?」ってすすめてくれるんだそうな。

　ピアノを習うつもりはないけれど、めぐみがせっかくさそってくれたんだし、行ってみることにしたわけさ。

　どんなところかと思ってたら、ふつうの家だった。先生ってのも、ふつうのおばさんだったよ。

あ、この人、どこかで見たことがあるぞ。えっと、どこだったけな。なんて考えていると、その先生が

「ピアノって、楽しいのよ」

って、少しだけひいて聞かせてくれた。けっこん式の行進曲だった。

思い出したぞ。

落語のおじいちゃんの、七十七歳のお祝いで、この先生がピアノをひいてたんだ。

なんてこった、あのときの写真がピアノの上にかざってあるじゃないか！　花よめ衣装のおれもその中にいたよ。かちかちにきんちょうして、口もとなんかちょっとひきつっている。

このままだと、あれがおれだってことが、めぐみにばれちゃうぞ。

ああそれなのに、

「ねえてつじくん、この子、ウェディングドレスの、だれだかわかる？　私たちの小学校の生徒なんだって」

と、めぐみが写真を指さすのさ。

「さ、さあ？　だれかな？」

早いとこ逃げ出さなくちゃ。そうそう、牛乳を買うんだからな、おれは。

そこへピアノの先生が、ジュースをいれてきてくれた。ストローがさしてあったよ。

ああ、ジュースはもういいよ……。

おれは、いっきにちゅーっと吸いあげた。

「もっとゆっくり飲めば？」

ってその先生が言うから、口の中のジュースを、しゅるしゅるコップへもどしたのさ。

めぐみが
「信じられなーい」

と、おれの肩をこづいた。

つれてこなければよかった、とふくれっつらだよ。

「ごめん、ごめん」

と言いながら、くつを足にひっかけただけで、おれは外にとび出したのさ。

ジュースの味は、口にのこっているのに、のどはからからだった。

さっき、めぐみと会ったところまで来ると、おれのけっていた石ころが、そのままそこにあったよ。きっと、おれを待っててくれたんだぜ。

ていうのも、あの超能力の本にはこう書いてあったんだ。――小石ひとつにも、ちゃんと心というものがあるから、動け、動け、といっしんにたのんだならば、手をふれなくても動くはずだって。

もっともおれはべつに、この石ころに「待っててくれよ」なんてたのみはしなかったよ。でもさ、石ころのほうで、おれのことを待っといてやろうと思っていたのかもしれないだろ？

ちょっとうれしくなって、おれは石ころをけりながら、牛乳を買いに行ったわけさ。お金もいくらかあるし、のどもかわいていたし、アイスキャンディは売ってるし、ひとつぐらいかまわないよな。

だから帰りは、石ころをけるかわりに、アイスキャンディをなめながらのぶらぶら歩きだったんだけどね。

「あたり」が出たんだよ！　「あたり」が出たら、もう一本。ちゃんとふくろにはそう書いてある。

さて、そこでおれは考えた。

ピアノ教室のことじゃ、めぐみにめいわくをかけちゃったんだからな、おわびにこの
「あたり」の棒をめぐみにあげようって。

もちろん、きれいにあらっておいたよ。

なにせ、さんざんしゃぶりつくした棒だもんね。

そいで、月曜日になった。

めぐみは、つんとしてたよ。

ピアノの先生は、あきれてたって。めぐみも、この日はまちがえてばかりで、

「ほんとうに、なさけなかったわよ」

だとさ。

「すまん、すまん」

って、おれはもう一度あやまったよ。

男どうしなら、大笑いしてさ、ぐっと盛りあがることが、女の子にはぜんぜん反対なん
だからなあ。まったくむずかしいもんだぜ。

「あのさ、これ、やるよ」

とおれは、「あたり」の棒をめぐみに見せた。

「なにこれ？」

「これを持っていったら、アイスが一本もらえるんだ」

「いらないいってば」

それを横で見ていたのが、ひろしとまことだった。

「おれがもらった！」

「ばーか、おれだよ」

って、取り合いになっちゃったよ。

「じゃんけんをしろ、じゃんけんを」

おれがそう言うと、こいつら必死になってさ。

いやはや、名勝負だったぜ。

あんなに気合いのはいったじゃんけん、なかなか見られないよ。いったい何回あいこがつづいたか。

あさましいといえばあさましいんだけどさ、これが男ってやつだよな。

けっきょく、まことが勝ったんだけど、

「ひと口かじらせろよ」

と、ひろしはあきらめないんだ。
おれにはわかってたよ。
その「ひと口」ってのが、くせものなんだ。
思いっきり、がぶっ、とやるに決まってらあ。それで相手がおこると
「ひと口はひと口だ」
なんて、すましてるわけよ。まったく男というやつは、どうしようもないもんさ。

ペン・ネーム

おれたちの学校の、ひなんくんれんは、ふたつあるんだ——大きいのと小さいのと。

小さいのは、運動場に出て、きちんとならんで、人数をかぞえて、それでまた教室に帰るのさ。

大きいほうのひなんくんれんは、教室にもどるんじゃなくて、近くの中学校へゆくことになってる。

この日のやつは、大きいほうだった。

おれたちは五年生だから、一年生の子どもと手をつないで、中学校までつれてゆかなきゃならない。六年生よりか一年生の数が多いから、五年生にも出番があるってわけさ。

三時間目だったっけな。

非常ベルが鳴って、さあはじまりだ。

「あわてず、いそげ」

それが心がまえなんだとさ。

運動場には、もう一年生たちが、ならんで待ってたよ。

おれがつれてゆくことになったのは、おとなしそうな男の子だった。それがとんでもない思いちがいだってことは、すぐにわかったんだけどな。

おれが手をつなごうとして
「よろしく」

と言ったら、そいつ
「よろしくおねがいしま……せん」

と、しょっぱなからこれだよ。

こぐまの
ポン吉

いやな予感が、びびっと走ったぜ。

胸の名ふだを見ると、「こぐまのポン吉」だってよ。まったく、ふざけてるよな。

ポン吉というなら、こぐまじゃなくてたぬきだろ？

でもまあとにかく、手をつないで歩き出したんだが、おそいんだよ。のろくさのろくさと、わざと足をひきずっちゃってさ。

「ポン吉、もっと早く歩け」

と言ったら、

「ポン吉ってだれのこと？」

だと。いつのまにやら、ポン吉がピョン吉にかわってんだ。ポン吉にしとけよ、てえの。

いらいらしちゃって、ぐんぐん手をひっぱってゆこうとすると、ぬまちゃんに見られて
「てつじくん、もっとやさしくよ」

と言われちまった。

そんなおれたちを追いぬいていったのが、生徒をおんぶした男の先生でね。それを見たポン吉のやつ、

「つかれたー、おんぶしてよー」

だと。

ぬまちゃんがまだそばにいるんだもん、しょうがないや。おんぶしてやったよ。

そしたらポン吉が、おれの耳もとで
「ねえ、こわい話をしてあげようか」

と言うのさ。そんなもの、聞きたくもないぜ。

「しずかにしてろ」

「あのさ、おばけがいるんだよ。見たことがあるんだ」

「そりゃあよかったな」

「よくないよ。おばけなんだから」

「じゃあたいへんだったな」

「そうでもないよ。ほんとはおばけじゃなかったから」

ずっとこんな調子なんだぜ。

「いいかげんにおりてくれよ」

と、せなかをゆすぶってやったら、

「もっと、もっと」

ってはしゃいでやんの。

中学校まで、なんでこんなに遠いんだよ。

とうとうおんぶをやめさせてもらえなかったんだぜ。

「てつじくんは、子どもに好かれるタイプなのね」

みゆき先生はそう言ってくれたけどさ、もうくたくただった。

それに、あれは好かれているんじゃないと思うな。おそらく、おちょくられていただけさ。ポン吉のやつ、一年生のくせに五年生のおれをいいようにあしらいやがって、まさに「だいたんふてき」っていう、あれだな。

このことば、習ったばかりなんだけど、こんな使い方でいいのかな？

なんにせよ、小学校に帰るときはめんどうなことがなくて助かったよ。

給食を食べながら、おれが「こぐまのポン吉」のために、どれだけえらい目にあったか、って話をしていたら、めぐみがなぜだかだまりこんじゃってさ。

パンをむしっては、もくもくと食べているわけよ。「もぐもぐ」じゃなくて「もくもく」だよ。

そのくせ、耳だけはおれの話を聞きもらすまいとしてるんだね。

「そうそう、めぐみの妹も一年生だったよね」

とひとりの女の子が言った。

「うん」

「えーっと、ひとみちゃん、だったっけ？」

「うん」

「だれに手をつないでもらったんだろ？　六年生かな」

「きっとそうよ」

とか言ってるけど、めぐみの鼻がちょっとばかりふくらんでいるのさ。

そいで、パンをちぎっては口に押しこんで、なのにぜんぜん飲みこまないもんだから、
ほっぺがぷっくりまるーくふくらんでるわけよ。

「ざんねんだったわねえ。きょうだいなんだし、めぐみが手をつないであげられたらよかったのに――」

　パンがのどにつっかえて、めぐみは胸をとんとんたたいた。

そしたら、べつの女の子がふとこんなことを言うんだ。

「てつじくんがおんぶしてた子、じつはひとみちゃんだったりして」

そのとたんに、しーんとなっちゃったよ。

「まさか、そんなことあるもんかよ」

と、ひろし。まことも
「だって、こぐまのポン吉は男の子なんだぜ。なあ？」

とおれに言う。おれも
「そうさ。ポン吉ってのは男の子の名前だよ」

と言ったよ。

めぐみは、そそくさと給食を食べちゃって
「ごちそうさまでした！」

と立ちあがった。

それから、ほんの五分ぐらいして、ろうかをどたばた走る音が聞こえてきたんだ。

「てつじー、助けてー。おねえちゃんがこわいよー」

教室にとびこんできたのは、こぐまのポン吉だったのさ。

ポン吉は、おれを見つけるなり、せなかにぴったりはりついちまったよ。

おれの名前、おぼえてたんだ、こいつ。

しかも「てつじ」って、呼びすてにするんだからな。

めぐみが
「ひとみ！　こっちにおいで」

と言ったら、まねっこして
「ひとみ！　こっちにおいで」

だってよ。

「本気でおこるよ！」

「本気でおこるよ！」

このさわぎも、みゆき先生の登場でおしまいになった。

ポン吉を、一年生の教室までおくってゆくことになったのは、おれだ。

また、おんぶしていったよ。やれやれ。

あとでめぐみに、

「なんであいつ、こぐまのポン吉なのさ」

ってたずねたら

「ペンネームらしいわよ」

ということだった。うーん、なるほどなあ。

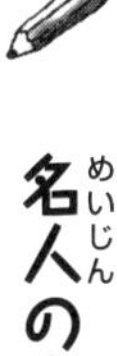

名人のえんぴつ

そんなこんなで、めぐみの妹は、おれたちのクラスじゃ人気者になっちゃったんだ。

とくに女の子たちが、めぐみに

「ひとみちゃんをつれておいでよー」

ってやかましいのさ。めぐみは「そのうちにね」と、あんまり乗り気じゃないけれど、三日に一回くらいで、ひとみはおれたちの教室に、かってにやってくる。そいで、めぐみににらまれて、

「じゃあねー」

とすぐに帰ってゆくんだ。

おれを見つけたりなんかすると、

「てつじー、元気かー」

って、どっちが年上だかわかんないよ。

たまには
「おんぶしてくれよー」

とあまえてくることもあるぜ。おれはしないよ。でも、ほかの女の子が
「かわいいー。おいで、おいで」

なんて、ひざに乗っけてやったりするのさ。

そのひとみ――ペンネームは「こぐまのポン吉」が、おれに一さつのノートをくれた。まんがをかいたんだってさ。

表紙をあけると、ものすごくでっかい字で、

「てつじのだいぼうけん」

と書いてある。

さいしょのページには、どうやらおれのつもりの男の子が

「おれはそうりだいじんになるぞ！」

と、ふんぞりかえってるんだ。

めぐみのやつが、家でおれのことをあれこれしゃべってるんだろう。

次のページじゃ、おれがどんぶりをかかえて、「スタミナいちばん、みそラーメン」と言ってる。おばけに追いかけられて、泣きながら逃げまわっているページもあった。

なんだか笑っちゃったよ。

正直に言うと、けっこうおもしろかった。

ひとりで楽しんでたら、めぐみが「私にも見せてよ」って言う。何かねっしんにかいてるのは知ってたけど、ぜったいに見せてもらえなかったんだってさ。

そりゃ見せないだろう。おれだって、自分がこんなものをかいてたら、きょうだいには見られたくないや。おれはひとりっ子だけど。

だけどさ、もう完成してるんだもんな。おれはそのノートをめぐみに貸してやったんだ。

なかなかかえしてくれないから、

「あれさ、どうしたんだよ？」

とたずねたら、びっくりだぜ。クラスじゅうで、回し読みしてるんだってよ。

道理でみんなが、おれを見てはにやにやしているわけだ。まいっちゃったな。

「てつじくん、はい、これ」

ってノートを渡してくれたのは、ぬまちゃんだった。

「ぬまちゃんも読んだのかー」

「そう。みゆき先生から回ってきたのよ」

さいごのページを見たら、みゆき先生が赤いインクで
「ひとみちゃんはまんががじょうずですね。これからもがんばって、おもしろいものをかいてね。そしてまた、みんなに見せてください」

と書いてあった。

その下には、ぬまちゃんまでが青いインクで、

「こんどはてつじくんのおとうさんのこともかいてね。たのしみにまってるからね」

だってさ。

ということは、このノート、ひとみにかえしてやらなきゃいけないわけだ。みゆき先生も、ぬまちゃんも、ひとみのためにいろいろ書いてくれたんだからね。

ところが、そのノートをまだかえせないでいるうちに、ちょっとした事件があったんだ。

ひとつは、おやじからゆうびんがとどいたこと。あて名はママじゃなくて、「てつじくんへ」だったよ。

みじかい手紙と、きれいにけずったえんぴつが三本はいってた。

おれが名人になりたいって言ってたのを、おやじはおぼえてて、こういうものを送ってくれたんだ。

その手紙によると、えんぴつをけずる名人がいるらしいのさ。で、おやじはその名人にたのんで、三本だけえんぴつをけずってもらったんだって。「役に立つかどうか、まあ使ってみろよ」と書いてあった。

もったいないから、そのうちの一本だけを学校に持っていったんだけどさ。

ひろしたちの、野球の試合があったわけよ。

おれはただのおうえんだ。

なのに、試合に出されることになっちゃった。だれだったか、つめが割れたとか言ってたぜ。

そいで、一回だけ、バッターボックスに立ったのさ。

順番を待っているときに、おれ、おやじがくれたえんぴつのことを思い出してね。
ほら、いつもの超能力の本、あれに
「名人のつくったものには、何かふしぎな力があるものです」
と書いてあったから、ものはためし、おれが借りたバットのさきっちょに
「打つぞ」
と、そのえんぴつで書いてみたのさ。

ききめはあったよ。

三球めに、バットがあたったんだ。

かっ、と音がしてね。

あはは、ただのキャッチャーフライさ。

だけど、ものすごく高いフライだったみたいで、長いことみんな空を見あげてたぜ。

落ちてきたボールは、すぽんとミットにおさまって、もちろんおれはアウトだ。

でも、なんかこう、うれしくってたまらなかったよ。おれにしてみりゃ、あれだけボールを飛ばしたのは、生まれてはじめてのことだったもん。

おやじ、ありがとう！てなもんだ。

ひろしたちも

「ばかでっかいキャッチャーフライだったなあ。上で風でも吹いてくれてたら、きっとヒットになってたぞ」

と、くやしがってくれたよ。

じっさい、そのあとでおれの使ったバットは、あわやホームランになりそうなのを、三回も飛ばしたんだぜ。

名人のえんぴつの力、か。

こんな話、だれも信じてくれないだろうなあ。わかってもらえるとしたら、ぬまちゃんぐらいかな。だって、同じ本を読んでるんだもんな。

おれ、だまっていられなくなってさ、とうとうぬまちゃんに、すごいキャッチャーフライを打ったことを話してみたのさ。

話しているうちに、おれ、あのことをよろこんでばかりもいられないような気がして来たんだ。

あれは、自分の力じゃなくて、えんぴつの力のおかげだよなあ。なんだか心がしぼんできちゃったよ。

でも、ぬまちゃんはとっても感動してた。

「ふしぎなえんぴつが、てつじくんのところへやってきたのも、それを生かせてるのも、ひっくるめててつじくんの力だって思うけどなあ」

って。

「だったらさ、このえんぴつ、ぬまちゃんにあげるよ。三本もらったから」

と言ったら、ちょっとうれしそうな顔をしてたけど、

「私よりも、ひとみちゃんにあげなさいよ。まんがをかいてもらったお礼にさ」

と言われた。で、おれは言ったんだ。

「ひとみと、ぬまちゃんと、おれで一本ずつ」

ぎんぎらぎん

それでまあ、ひとみがおれたちの教室にあそびに来たときに、まんがのノートをかえしてやったわけだ。

ひとみのやつ、みゆき先生やぬまちゃんの書いてくれたことばを、何回も読みかえしていたっけ。目がきらきらしてたよ。

うん、そのときに名人のえんぴつもあげたんだけど、おれは何もとくべつなことは言わなかった。こういうことって、言わずにいるほうが、値打ちがあると思ってさ。

で、さも大切そうに、ひとみはノートとえんぴつを持って帰ったんだけど、二、三日してから

「かわりの絵をかいた！」

と見せてくれたのが、「そうりだいじんになったてつじ」だ。ぎんぎらぎんに色をぬりたくってある。

そうだなあ、ひとことで言えば、トランプのキングみたいな絵だった。十個くらいくんしょうをぶらさげて、頭にはぴかぴかの王冠が乗っかってたよ。

「もらっていいのか？」

とたずねたら、宿題のつもりだったから、見せるだけなんだとさ。

あんなものを提出して、ひとみの先生はなんて思うだろうね。

ところが、あの絵が新聞のコンクールで、「金賞」になっちまった。

おれも見たよ。絵の下にはこう書いてある。

「そうりだいじんになったてつじ」

ほかの絵よりか、ひときわぎんぎらぎんでさあ。本物のてつじは、どんな顔をすりゃいいのさ。

しかも、話はそこで終わらないんだ。

きっかけは、ひとみのあの絵に決まってるよ。

だれか、えらい人が新聞を見たんだね。

そいで、「いっぺんこの小学校を訪問してはどうですか」なんてすすめたんだろう。

総理大臣が来るんだよ。いや、来たんだよ。

こんなことって、めったにあるもんじゃないよな。

みんな講堂に集められてね。

そう、おれが「どっかーん」をやった、まさにその場所だ。

総理大臣てのは、見たところふつうのおじさんなんだね。

「この国のひとりひとりが、それぞれしあわせであるように、いろんなことをするのがぼくの仕事です」

にこにこしながら、そんな話をしてくれたよ。

そのあと、六年生の男の生徒が、おれたちを代表して、なにやらしゃべってんだけど、

「あー、きみがてつじくんかい？」

と言われて、立ちおうじょうしちまった。

青くなって、汗がぷつぷつふき出てる。

おれの中で、何かがどくんどくん鳴ってた。

何人もの先生たちが、目くばせをしては、首を横にふったりかしげたりしているのさ。

「てつじならここにいるよ。おれがてつじだ」

おれはそう言って、だんの上にかけのぼった。

おー、とざわめきが聞こえた。

「てつじだー」

と言って、ちょこちょこ近づいてきたのは、ひとみだった。

ちっちゃいくせに、よいしょ、よいしょ、と階段を上ってくる。

そいで、おれのとなりに立って、胸をはってるのさ。ちょっとかっこよかったな。

校長先生が、おれたちふたりのこと、総理大臣に説明してたよ。

するとひとみがしゃべり出したんだ。

「あのね、そうりだいじんはね、外国から来たお客さんをね、ごちそうしてあげるの。だよね？　てつじ」

「そうとも」

「たくさんの人があつまって、お好み焼なんかするのよ。ね？」

「かもな」

「でね、トイレに行きたくなったらいけないから、いつもきれいにおそうじしておくのよ。たわしが百本ぐらいあると思うわ」

「そうだな」

「そしたら、外国のお客さんが、ぴかぴかできもちいいですねーとほめてくれるの」

総理大臣は、あっけにとられていたよ。

ひとみは、言いたいことをぜんぶ言っちまうと、さいごに
「てつじー、おんぶー」

と、おれの手をひっぱるのさ。

おれがしゃがんでやると、ひとみはぺたんと乗っかってきた。

ひとみを、一年生たちの席へつれてゆきながら、おれはめぐみのことを考えてたよ。どうか今日だけは、妹をしかったりしないでくれよ、ってね。たいした妹を持ってること、ほこりに思ってくれよ、ってね。

そのあとが、どうなったのか、おれ、ぜんぜんおぼえていないんだ。ひとみにくらべたら、おれなんかてんでちっぽけなやつさ。

そして、夕方のニュースには、本物の総理大臣がうつってたよ。六年生のあいつも出てたっけ。はらはらしてたら、おれやひとみはかげもかたちもなかったんで、いやもうほっとしたよ。

次の日、みゆき先生が

「そばで見てただけで、ほんとうにごめんなさい」

と言ってくれた。

あんなときは、だれだって何もできやしないさ。

「私も、ぬまたさんも、心の中で、がんばれ、がんばれって祈ってたの」

そうかあ、ぬまちゃんにも心配をかけてたんだなあ。そうだ、心配といえばひとみのことだよ。めぐみのやつに、こっぴどくやっつけられたんじゃないかと思って、

「なあ、家に帰ってどうだった？」

とたずねたら、めぐみは
「何が？　べつに何もないわよ」

って、そっけないんだなあ。

「妹のことだよ。ひとみだよ」

「ひとみがどうかした？」

「いや、だからさ。へんなことにひとみまでまきこんじゃってさ……」

「ひとみはひとみ、私は私よ。かんけいないもん」

こりゃあきっと、一日じゅう口をきいてやらなかったにちがいないよ。もしも何かを言ったとしたら、「もうおねえちゃんの教室には来ちゃだめだからね」とか、そんなことだろうな。

おれはすごすごとひきさがったよ。

こうなったら、やることはひとつさ。

おれ、昼休みに、ひとみの教室へ行ってみたんだ。

ろうかから、教室のまどをのぞいたら、ひとみは机に向かって、何か書いてた。

「おーい、ひとみ」

って呼ぶと、すぐおれに気がついてさ。

「てつじだ！」

「元気か？」

「うん」

「きのうはありがとうな。助かったぜ」

おれがそう言うと、ひとみのやつ、

「いいってことよ」

だってさ。

「おねえちゃんと、けんかをしたんじゃないか？」

「ひとりでぷんぷんしてた」

それからひとみは、自分の席にもどって、かきかけの絵を見せてくれた。

また、おれをかいてんだよ。前のあれよりも、さらにさらにぎんぎらぎんでさ。そのときのひとみの、得意気な顔ったら！

ひとみが元気だったら、そのほかのことはどうだっていいんだ。よそのクラスのやつら

が、おれを見て
「お調子者の、めだちたがりが――」
「ほかに何もできないから、あんなことをするんだ」
とか、聞こえよがしにいろいろ言ったりしてたみたいだけどね。

ひみつ

でも、がっくり来ることもあったんだぜ。

「私が学校の先生になってさあ、もしも自分のクラスにあんな子がいたらどうしよう。先生になるの、やめようかなあ」

って話してるのが聞こえた。

「しっ、うしろにいるわよ」

女の子たちは、ちょっとふりむくなり足を早めて行っちゃったよ。登校ちゅうのことさ。

先生になろうとなるまいと、どうぞご自由に、てなもんだけど、おれ、もしかしたらさ、みゆき先生やぬまちゃんに、めいわくをかけてるのかなあ。

　だもんで、なるべくおとなしくしていようと思ったんだけどね。

　そしたら、ひろしやまことが

「てつじがへんだ。てつじがへんだ」

とか言って、おれの目の前で手をひらひらさせるわけよ。

腹を立ててみせるつもりが、うっかり笑っちゃって、まったく、どうしようもないのさ。

「あはは、笑った、笑った、てつじが笑った」

なんて、よろこんでやがんの。

　こいつらだって、おれと似たようなもんさ。

だけど女の子たちには、こいつらはセーフで、おれはペケっていうんだからなあ。

　ふとそのとき、口をついて出たのが、

「マックったら、いいかげんにしてよ！」

ってせりふだった。テレビまんがの「マックとマギー」だ。これはマギーが、毎週一回、

かならず言うせりふでね。

　ひろしとまことは、ぎくっとしてたよ。そいでさ、おれ、

「わあ、マーガレットがいっぱい咲いてる！　これはあたしの花よ」
ってつづけたのさ。もちろん、マギーのせりふだよ。みんなげらげら笑ってる。

そばで聞いてためぐみが

「ばっかじゃないの？」

と言うから、おれはマギーになりきって、

「なんてこと言うのよ、ナンシー！」

って切りかえしてやったら、さすがのめぐみも吹き出してやんの。

このテレビまんが、じつはおれよりもママが大のお気に入りでさ。日曜日の夕方六時になったら、ほかのことはぜんぶほったらかしにして、来週の予告が終わるまで、テレビの前を動かないんだぜ。

おかげで、おれまでいろんなせりふをおぼえちゃってさ。だけどこんなときに飛び出すなんて、やっぱりおれはお調子者なんだろうなあ。

だれかが（女の子だ）、

「ねえマギー、あそびに行こうよ」

とおれに言うから

「ちょっと待って。もうすぐパンケーキが焼けるのよ」

と答えてやったよ。

それからはもう、「マックとマギー」ごっこで、教室じゅうが笑いのうずだ。

みゆき先生が入ってきたのにも気づかないくらいだったよ。

「なんのさわぎよ、てつじくん？」

「だめだめ、マギーと呼んで！」

あーあ、おとなしくするつもりだったのになあ。

「私も時間のあるときは、あのまんが、見てるわよ。てつじくんはマギーが好きなのね。そういえば、ほら、私の名前がみゆきだから、仲のいい友だちは私のこと、ミッキーって呼んでたなあ」

へえ、ミッキーか。おれはてつじだからテッチーってことになりそうだな。

そんなことを考えているうちに、みんなも落ち着いてきたんで、先生はほそながいぴらぴらの紙を配りはじめた。

紙は紙でも、こういうのを「たんざく」っていうんだそうでね。

「もうすぐたなばたさまでしょ？　学校のげんかんに、大きなささをかざるの。学年に一本ずつよ。そこで、みんなそのたんざくに、ねがいごとを書いて、ささにむすぶことになりました。わかった？」

　そりゃもうわかってるって。

　去年も、おととしも、おなじことをやってきたんだからね。五年生ともなれば、たなばたさまのベテランだよ。だけど、おれ、いったいこれまでどんなことを書いてきたんだっけ。おっと、先生の話にはつづきがあるぞ。

「そこでね、ひとつ注意があるの。せっかくお星さまにおねがいをするんだから、ふざけたことを書いちゃだめよ。いい？」

って、みゆき先生がおれのほうをちらっと見た。おれは、ぺろっと舌を出してやった。

「ねがいごとがたくさんあるときは、どうしたらいいんですか？」

と質問したやつがいる。先生が答える前に

「小さい字で書けば、いくらでも書けるじゃん」

と言うやつがいる。かと思うと、

「よくばりなことをしないで、ひとつにしぼったほうがいいよ」

と言うやつもいる。まことが

「てつじは、総理大臣になりたいって書くのか？」

と言った。

はじめはおれもそのつもりだったんだよ。

でも、人に言われちゃったら、やめたくなった。それに、もともとあれはじょうだんだったわけだしな。「名人になりたい」と書こうか——おお、そうだ、おれには名人のえんぴつがあったんだ。

ねがいごとを書くからにゃ、あのえんぴつを使わなきゃね。

めぐみのたんざくは、あっさりしたもんだ。

「ピアノがもっと上手になりますように」

それを見て、ひろしは
「野球がもっとうまくなりますように」

と書いて、できた、できたとまわりに見せびらかしてたよ。

名人のえんぴつを、長いことひねくりまわしたあげく、おれはしゃっしゃっとひとことだけ書きつけた。

「てつじのも見せろよ」

「ひみつだよ」

「ずるいぞ、見せろったら」

と、まことにたんざくをひったくられてね。

取りかえそうとするのをかわしながら、大きな声で読みあげるんだぜ。

「えーなになに。あ、こいつ、ばかじゃないのか。ひみつ、だってよ」

そうなんだ。

おれがたんざくに書いたのは、「ひみつ」、たったこの三文字なのさ。

書くことを思いつかなかったんじゃない。

思いついたのが、これだったんだ。

なぜ？とたずねられても返事にこまるけれど、名人のえんぴつで書いたんだから、答えはそのうちに出てくるはずさ。

みゆき先生は、おれのたんざくをじっと見ていたよ。そして
「いいわよ、これで」

と言ってくれた。

それからおれたちは、げんかんにならんでいるささに、たんざくをゆわえてきたんだけ

どね。

ささは六本。学年ごとに一本ずつで、三年生のぶんをひょいと見たら、

「パパとママがなかよくなりますように」

ってたんざくがひらりとゆれた。

ずきんと来たよ。

もしも、たなばたさまが、ねがいごとをかなえてくれるんなら、おれはほっといてもらっていいから、この子のおねがいを二人前でなんとかしてやってよ。これがおれの、ひみつのねがいごとさ。

まさかそんな

月曜日の朝、ぬまちゃんが金魚ばちを持ってきた。ちょっと大きくて、ふっくらまるい、どこにでもあるようなやつさ。

中にはいっぴきだけ、目のさめるような赤色の、でっかい金魚がおよいでた。

「どうしたの、これ？」

「金魚すくいで取ったのよ」

「うそー！」

「ほんとだってば」

だれだってあれを見たらびっくりするよ。

金魚すくいでああいうのをねらうやつなんかいないぜ。すぐに紙がやぶれちまうからね。

教室の、まどのそばで金魚はひらひらくねくねおよいだり、パンくずをつついたりして
さ、ながめてもながめてもあきなかった。

「ゆうべ、みゆき先生とね、えんにちに行ったのよ」

ぬまちゃんは、ないしょの話をするみたいに、ひそひそ声で言うんだ。

で、おれもひそひそ声で、

「だけど、なんでそんな小さな声でしゃべるのさ？」

とたずねたわけよ。

ぬまちゃんが、こっそり見せてくれたのは、あの名人のえんぴつだった。

「というわけなの」

「というわけか！」

子どものころから、ぬまちゃんは金魚すくいがへたっぴだったんだって。それもそのはずさ、でかいやつばかり追っかけてたらしいよ。

「だって、大きいほうがすくいやすそうじゃないの。いっぺんぐらい、あんなのをつかまえてみたかったのよ」

で、ぬまちゃんは、名人のえんぴつで自分のてのひらに「取れる」と書いといて、えん・・・・にちに出かけたんだそうだ。

「ぴちっとはねてさ、紙はすぐにやぶれたんだけど、取れちゃったの。水にかえそうとしたら、むこうのおじさんが、せっかくだから持って帰りなよって」

「すごいな」

「へへっ、すごいでしょ？　ところがどっこいよ」

次にぬまちゃんとみゆき先生は、わなげをしたわけさ。五本のリングが、すぽんすぽんとまん中の棒にはまっちゃって、金魚ばちまでもらってきたんだと。まさかそんな、だね。

「それでね、みゆき先生がこわくなってきたから、もう帰ろうよって。みゆき先生の取った賞品は、ぺろぺろキャンディよ。ぐるぐるうず巻きの、大きなやつ。棒つきの、水色とピンクと、二本もらってね。ふたりでそれをなめながら、長いことおしゃべりをしたわ。楽しかったなあ……」

ぬまちゃんが、その金魚を学校に持ってきたのは、ほしい人がいればあげるつもりだったのさ。

でもいなかった。

おれが、もらうことにしてもよかったんだけれど、ぬまちゃんは

「むりすることはないのよ。逃がしてあげる前に、ちゃんとせわしてくれる人がいたらいいなあって思っただけだから」

と言って、放課後になってから、金魚ばちを持っていった。

近くの川へゆくんだそうだ。で、おれもついていったよ。水のはいったままの金魚ばちって、けっこう重いもんだしさ。こうたいで持っていったわけだ。

ちゃぷちゃぷゆれる水の中で、金魚はうろうろしてたよ。

なるべくそうっと、そうっと、水ごと金魚を川へと流してやったんだけどね、おれさ、そのさいごのしゅんかんまで、だれかが

「その金魚、ください」

って言ってくれないかなあと思ってた。

ぬまちゃんは、すーっとおよいでゆく金魚を見ながら
「私、てつじくんの考えてること、わかるわよ」

と言った。

からっぽになった金魚ばちを、指ではじくと、ちーんといい音がしたよ。

「さ、帰ろ」

「うん」

なんだかちょっとさびしい気持ちで、川べりの道を歩いていると、あれは中学生だったかなあ、二、三人でつりをしていてさ。

そのうしろを通りすぎたとき、

「おっ、かかった、かかった」

って、ひとりがさけんだ。

「見えたぞ。赤いぞ」

「すげえや、すげえや！」

みんなで大さわぎしてるよ。

「うわあ。でっかい金魚だ」

って言うんで、おれとぬまちゃんは、そいつらのつりあげたのを見に行った。

まさかそんな、だよ。

さっきおれたちが逃がしてやったやつなのさ。

「おい、どうする？」

「どうするったって、持って帰る前に死んじまうよ」

とか言いあってるから、ぬまちゃんが
「ねえ、きみたち」

と声をかけた。「入れ物をあげようか？」

「ほしい、ほしい」

なんてこいつら、えんりょしないんだよ。

てなわけで、金魚ばちをゆずってやって、これですっかりうまくおさまっちゃった。

その場をはなれるまで、じっとしんぼうしてたけど、とうとうこらえきれなくなってさ、
大笑いしたよ。

ぬまちゃんと、おれと、おたがいに指さしあっては
「超能力だ」

「超能力だ」

あはは。

「おれよりもずっと年上なのに、ぬまちゃんは同級生みたいだな」

と言ったら、

「それって、ほめてくれてるの？　だったらありがとう」

と言われたよ。

そいで、家に帰ったら、電話がかかってきてね。ママだろうと思って出てみると、めぐみからだった。

ひとみが来ているか、ってさ。

「来てないよ。あいつ、おれんちなんて知らないだろ？」

「地図があるからだいじょうぶだって言ってたわよ」

おれは地図なんて書いてやらなかったんだけどなあ。

「もしも、うちに来たらすぐに電話させるよ」

って言っといたのさ。

しばらくして、ママが帰ってきた。ひとみといっしょだった。

「てつだー」

と、ひとみが飛びこんできたよ。

「あんた、この子、知ってるの？」

「知ってるよ。めぐみの妹で、ひとみっていうのさ」

買い物からの帰り、ママはとつぜん地図を見せられて、「てつじの家はどこ？」とたずねられたんだそうだ。

その地図ってのが、小学校と、おれんちと、自分の家を、ぴゅーっと道でつないであるだけでね。これだけをたよりに、よくここまでたどりついたもんだ。「まさかそんな」のチャンピオンは、ひとみに決定だね。

めぐみは電話でおこってたみたいだぜ。

「むかえにゆくわ」

って言うから、おれが送ってゆくよ、と言っといた。だって、ママはひとみのぶんも、たまごどんぶりを作りはじめていたからね。

お楽しみ会

あそぼうよー、あそぼうよー、っておれの手をひっぱるもんだから、まあちょっとだけならと思ってさ。おれのへやを見せてやったんだ。

そしたら、ひとみのやつ、さっそくたてぶえを見つけて、

「ふいてあげよっか」

て言う。

「おう、ふいてみろよ」

と言われて、さっそく吹きはじめたのは、「小鳥のなんとか」という曲だった。

じつはこのところ、ずっとこればっかり練習してたんだよ、おれ。

もうじき夏休みだろ。林間学校があるわけよ。夜になったら、ごはんのあとで「お楽しみ会」をするんだってさ。おれたちのクラスは、たてぶえの合奏でね。「小鳥のなんとか」を吹くことになってる。

だから、めぐみも家でこの曲を練習していたんだろう。妹の身近なところで、何回もくりかえしていたんで、いつのまにかひとみも吹けるようになっちまったんだね。

それにしても、すごいやつだぜ。おれなんか、まだまだからっきしだめなんだよ。

「ほかのクラスの人たちに、かっこいいところを見せてやろうよ」

って、みゆき先生もはりきってるしさ、おれもがんばらなくちゃと思ってはいたんだけど
ね。

「たいしたもんだなあ！」

と感心してたら、ひとみは
「こんなこともできちゃうよ」

って、たてぶえを鼻に当てて吹きはじめた。

まったくうまいもんさ。

おもしろそうだから、おれもやってみたんだけど、なんだか鼻で吹くほうが、おれには
しっくりしてるみたいだった。

「だけどこのふき方はね、自分の家でやったらね、しかられちゃうからね」

ひとみのやつ、めぐみやママさんにおこられたらしいよ。

「さ、そろそろ帰るか？」

と言ったら、すなおにくつをはいてくれた。

うん、おんぶもしてやったさ。

運命ってものがあるとしたら、たぶんおれは、この子をおんぶする運命のもとに生まれてきたんじゃないかなあ。

自分の家の近くまで来ると、ひとみはするするとせなかから下りた。

「たまごどんぶりを食べたよ」

なんて、正直に報告してんだぜ。

ママさんが、おれに「ごめんなさい」それからひとみに「よかったわねえ、おいしかったでしょ？」と言ったら、

「まあまあだった」

ってさ。

めぐみは、ちょっと顔を出したけど、すぐにひっこんじゃったよ。


そいで、林間学校だ。

お寺にとまるのさ。山ん中だから、すずしかったよ。

ひろしとまことは、ごはんのたびに「おかわり競争」をしてやんの。三杯とか四杯とか

つめこんでね。

「おかずが足りませーん」

なんて言ってたけど、おかずはおかわりできないんだよ。で、まわりのやつからちびっとずつわけてもらったりなんかしてたぜ。

　さてそれから、お楽しみ会なんだけど、これがたいへんだった。

　たてぶえの合奏は、やっちゃいけないんだってよ。

「このお寺では、もう百年以上も前から、夜にはふえを鳴らしてはいけないというきまりなのです」

とお坊さんがあわてて止めるわけだ。「何も今夜でなくとも、明日にしましょう」てね。

　めぐみが

「そんなの、めいしんです！」

といきり立っちゃってさ。

　お坊さんは、そこはもうなれたもんで、

「めいしんのようでも、古いきまりを守ってゆくことで、大切なものを伝えてゆけるわけです……みなさんも、夜にくちぶえをふいてはいけない、って聞いたことがあるでしょう」

と言うんだね。あれと同じだってさ。つまり、たてぶえも、口に当てて吹くんだから、くちぶえみたいなものだというのさ。

「だったらさ、鼻でふいたっていいんだよな」

とおれが言ったら、お坊さんは、ほっほっと笑って
「一休さんみたいな生徒さんですなあ。それはもう、鼻でふくなら、くちぶえと同じだとはいえませんわなあ」

と言った。

だもんで、おれ、「小鳥のなんとか」を鼻に当てたたてぶえで、ちょこっと吹いてやったのよ。あんまり上手ではなかったけどさ。

「みんなもやってみろよ」

とは言ったものの、だれも吹こうとしなかった。

そりゃそうだとも。

しかし——。

おれひとりでも、吹いてやるんだって、半分やけくそで、たてぶえを吹きつづけたわけ

よ。もちろん、鼻でね。

まわりのふんいきは、ぜんぜんよくなかった。やめときゃいいのに、ってみんなの目がそう言ってたよ。

しかも、まずいことに、曲のとちゅうでどうしてもひとりだけじゃだめなところがあるのさ。小鳥たちが、ぴぴぴ、るるる、って鳴きかわしているみたいに、音をかさねなくちゃならないんだよ。

つまり、いちばんいいところまで来たら、おれだけじゃどうしようもないってわけだ。

だれでもいいから、ほんのしばらくだけでも、力を貸してくれないかな、と思ってた。

でも、もう「まったなし」だよ。

おれは、ぴぴぴ、と吹いた。

そしたら、答えるように、るるる、と音がかさなってきたんだ。

ぴぴぴ。るるる。

ちちち。ととと。

なぜだかわかんないけど、うまく乗りきったぜ。

曲の終わり近くで、もう一回おなじようなところがあるんだけど、そこもやっぱり、だ

れかのたてぶえが助けてくれたんだ。

おれはやったよ。さいごまで、ちゃんと吹いてしまったのさ。

ずいぶんこっけいだったと思うよ。たったひとり、鼻でたてぶえを吹くなんて――なのに、笑うどころか、みんな、しらけきっていたっけ。なんともいえない空気だったなあ。

学年主任とかいう男の先生が、すごくこわい顔でこう言った。

「この子は、いくら言ってもやめずに、かってなことをして、せっかくのお楽しみ会をめちゃくちゃにしてしまった。みんなにあやまりなさい」

ぜんぜん気がつかなかったけれど、おれはこの先生に何回も「やめろ、やめろ」って言われてたらしいよ。

すると、さっきの坊さんが
「いやいや、鼻でたてぶえをふいてもよろしいと言ったのはぼくだから、何もあやまらなくてもいいのです。きみ、よくがんばったね」

と言って、ほっほっと笑った。べつにおれは、がんばったとも思わなかったけどさ。

せなかをかいてあげた

　みゆき先生も、ぬまちゃんも、目をまっかにしてた。お楽しみ会が、ちっともお楽しみにはならず、あんなもやもやと息苦しいだけのものだったんだから、そりゃあにこにこしてはいられないだろうさ。でも、泣いちゃうなんてなあ。

　だれにもあやまるつもりはなかったけれど、みゆき先生とぬまちゃんになら、「ごめんな」ってすなおに言えそうだったよ。

　だって、ふたりともおれに
「やめなさい」

とは言わないでいてくれたんだからね。

　でも、ごめんなさいを言ったのは、みゆき先生のほうだった。

「私が、もっといい方法を思いついてたらよかったのに――」

　ぬまちゃんは、たてぶえを持ってこなかったのがざんねんだったってさ。

「持っていたって、ふけないけどね。練習したこともない曲だもん」

「やめといたほうがいいよ。女の人が、鼻でたてぶえなんて」

とおれは言った。ほんとうにそう思ってたんだよ。

このふたり、あいつ――学年主任に、こってりしぼられるだろうな、もしそうなったら、どうでもこうでもまたおれが、言うだけのことは言ってやるぞ。なあんて、ファイトを燃やしてたんだけど、おれの出番はなかった。

こってりしぼられたのは、学年主任だったみたいだよ。あの坊さんに

「あんたも先生なんだから、生徒のやることを見守ってやるぐらいの思いやりを持ってはどうですか。ふんいきがこわれたのは、あんたがしっかりしとらんからですぞ」

と、お説教されてたらしい。これはまことが、じっさいに見てたんだそうで、ちょっと笑っちゃった。

それにしても、あのときのあれは、だれだったんだろう。ひとりだけじゃ吹きこなせないところを助けてくれたのは――?

みゆき先生も、たしかに聞いたって言うんだ。そこで、クラスのだれかがこっそりたてぶえを吹いていたんだろうって言うのさ。

でも、ぬまちゃんは

「そうじゃないわ。だって私、ずっとみんなから目をはなさなかったもの。だれでもいい

から、てつじくんといっしょに、たてぶえをふいてくれないかなあって、心の中で手をあわせていたのよ」

と言った。「気持ちが足りなかったのかしら。だれひとり動かなくてね」

おれたち、ろうかのすみっこでそんな話をしてたわけだ。

そしたら、反対がわのはしっこで、公衆電話をかけてためぐみが、

「てつじくーん」

とおれを呼ぶのさ。

妹のひとみが、電話のむこうにいて、「てつじと話をしたい」んだってよ。

で、めぐみとかわって

「なんだ、まだ起きてんのかい？」

と言ったら、

「てつじ、さっきたてぶえをふいてたね」

て言う。

「そうさ。聞こえたのか？」

「聞こえてたよー。そいでさ、とちゅうから、いっしょにふいたんだよ。聞こえたかな

あ」

「おう、聞こえた聞こえた」

「ははっ。てつじ、おみやげ買ってこいよー」

「わかってるって。早く寝ろよ」

「うん。もう寝るー」

それでまた、めぐみと電話をかわったんだけど、もう切れてたみたいだった。

これですっかりわかったよ。

おれを助けてくれたのは、めぐみの妹だ。一年生のひとみだ。

このとき、おれ、はじめて泣きそうになったよ。ふしぎな気持ちより、ただ泣きたくて
――。

めぐみが
「ひとみはなんて言ってた？」
とたずねるから、おれは
「おみやげを買ってこい、ってよ。そいで、もう寝るってさ」
と言った。でもそれだけじゃものたりなくて、なみだをごまかしながら、

「ひとみは、いいやつだなあ！」

と言ったら、めぐみはきょとんとしてたよ。

それから、「そうだ、たてぶえをかえしてこなきゃ」って。めぐみの手にあったのは、みゆき先生にかりたやつなんだと。自分のは家に忘れてきたらしい。

「またひとみがおもちゃにしてるわ」

て言ってたよ。


さて、と。

あとは寝るだけだ。おっと、その前にトイレに行っておかなくちゃ。なにせ、おれのへやときたら、トイレからいちばん遠くてさ。

手をあらって、出てきたところで、ひとりのおばさんが
「あら。おやすみなさい」
と声をかけてくれた。

夕ごはんのおぜんを、何人ぶんも積みあげて運んでたおばさんだった。やっと、あとかたづけがすんだんだってさ。

「ああいうの、たいへんだね」

と言ったら、「なれるとそうでもないよ」って。

「でもね、せなかがかゆくなると、両手がふさがってるから、こまっちゃうわね」

なんてもぞもぞしてた。だもんで、おれ、おばさんのせなかをかいてあげてたのさ。

「はー、いい気持ち」

とか言って、目をほそくしてたぜ。

ついでに、右と左と、十回ずつ肩もたたいてあげたら、いろいろ話をしてくれたよ。

おばさんは、お寺の近くに住んでるんだよ。

そいで、おれたちみたいに林間学校のお客のあるときだけ、はたらきに来るのさ。家は、みやげ物のお店をやってるんだって。

「じゃあおれ、おばさんのところで買うよ。何がいいかなあ」

「食べるものなら、くるみようかんがいいわね。おもちゃだったら、コマにしなさい。うちのコマは、名人が作ってるから、それはもうまちがいなしよ」

えっ、名人だって？　これはいいことを聞いたぞ。

「ぜったいに行くからさ、おばさんのお店の目印を教えてよ」

「そうね。うちの店だけが、赤いかんばんをあげているわ。すぐにわかるって」

おばさんは、よりぬきのコマを出しといてあげるわって言ってくれた。

うーん、わくわくするなあ！

おれの持ってるおこづかい、ありったけ使っちゃうぞ。

てなわけで、早く明日にならないかなあと思っているうちに、すとんと寝ちゃった。

朝だ。

ごはんがすんだら、帰りのしたくだ。

そいで、おみやげの買い物だ。

赤いかんばん、赤いかんばん――と。

あった、あった。ちっちゃなお店だった。

あんまりちっちゃいものだから、ほかのやつらはだれも入ってこない。

「ごめんください」と言ったら、奥のほうで「へーい」と声がして、おじいさんが出てきた。

「くるみようかんと、名人のコマを――」

「へっへっ、名人だなんて、そんな、え、だれが言いましたかの？」

「お寺で、お手伝いのおばさんが」

「ああ、ゆうこだな。ゆうこ、お客さんじゃ」

おじいさんに呼ばれて、ゆうべのおばさんがあらわれたよ。

指から指へ

あと三十分おそかったら、ゆうこさんはもういなかったんだ。おれたちの次にやってくる、林間学校の生徒の、夕ごはんを作りに、またお寺に出かける予定だったからね。

おれだって、おんなじさ。三十分後には、お寺の庭に集合ってことになってたもん。

くるみようかんは、大、中、小の三種類でさ。小さいのをふたつ取ったら、ゆうこさんはだまって、中ぐらいのやつにかえてくれた。

それから、名人のコマだ。

ゆうこさんは、がさがさと古新聞のつつみをあけて、五つのコマを出してくれたよ。

どれもこれも、どんぐりくらいの大きさだった。ひものいらないコマで、じくをつまんでひねると回るやつさ。

「ほら、止まってるみたいでしょ？　回ってるようには見えないでしょ」

　たしかにそうなんだ。どのコマも、つん、と立ってて、ちっともゆれたりかたむいたりしないのさ。ほうっておいたら、一日じゅうでも回ってるんじゃないかって思うぐらいだよ。だけど、じっと見ていても、あきあきしなかった。

「なんだか、心が吸い寄せられてゆくみたいだね」

と言ったら、ゆうこさんは

「そこが名人のコマってわけよ」

ってさ。おじいさんは横で「ちがう、ちがう」と手をふっていたよ。

　よくあるようなコマとはちがって、おじいさんのコマは、かざりのもようというものがほとんどないんだ。白い木を、つるつるにみがきあげて、ただ一本だけ赤い線を引いてあるだけなのさ。

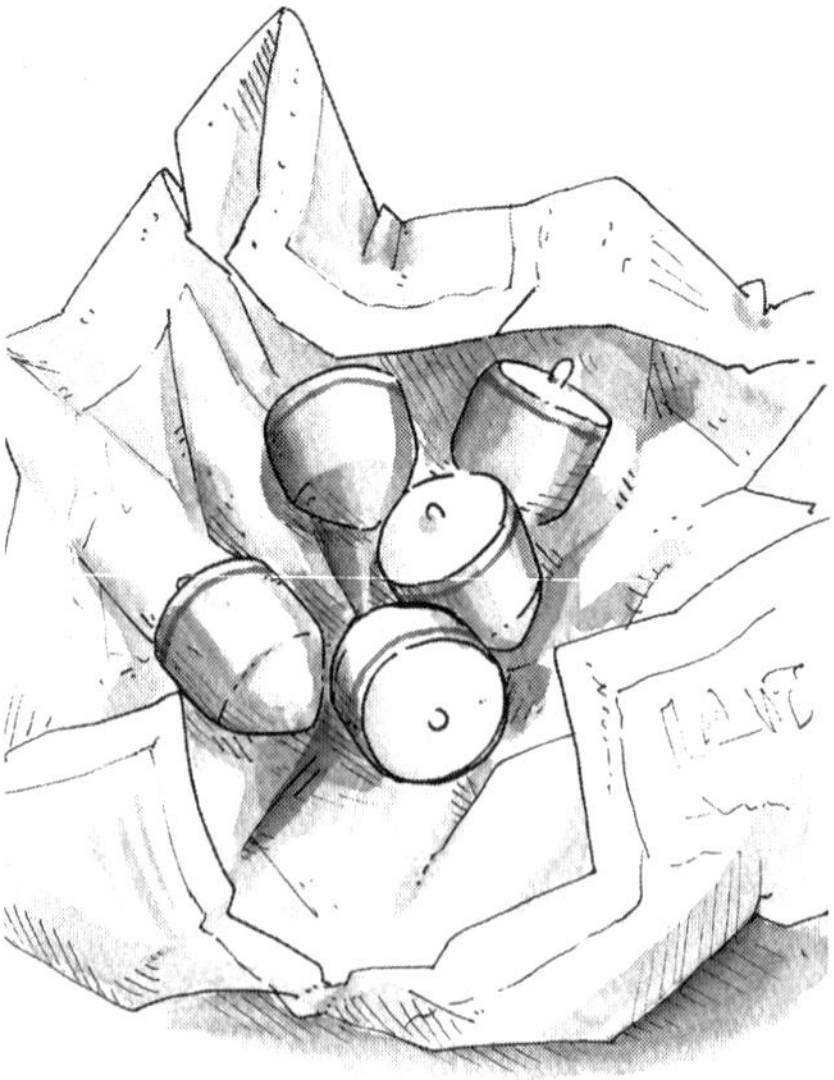

「コマだって、なんだって、なるべくいじらないほうがいいものになると思ってな」

と、おじいさんは仕事場を見せてくれたよ。

まっしろな木のけずりかすの中に、作りかけのコマがいくつもうずまってたっけ。

「ほれ、こいつはさっきできたばかりだ。よかったら、持っていきな」

と言って、おじいさんは、りんごほどの大きさのコマをくれた。

「名人になるのに、どんな修行をしたの？　何か、ぱっとひらめいた？」

ってたずねたら、ゆうこさんとおじいさんは笑ってばかりでさ。

「同じことを五十年つづけてきただけだい」

　へえ、そうなのか。

「きみ、名前を教えてくれなくちゃ」

とゆうこさんに言われて、「てつじだよ」と言ったら、ハガキを三枚ほど渡された。そいで、

「てつじくん、いつでもいいからおたよりをちょうだい」

だってさ。

　かべの時計を見ると、集合時間まで五分しかない。

おれ、ポケットのお金をぜんぶ出したよ。

そしたらゆうこさんが
「ばかね」

と、半分以上もかえしてくれた。

おじいさんが
「また来いや」

と言う。そうそう、とゆうこさんもあいづちをうつ。

さよならなんて、言うひまがなかったよ。


走り出したバスの中で、おれたちはおみやげの見せっこをしたのさ。

みんな、いろんなものを買ってたぜ。

ひろしやまことは、おれのくるみようかんとコマを見て、

「なあんだ、それっぽっちかよ」

と、拍子ぬけしてやんの。

で、じゃーん、とか言って出したのが横ぶえだ。ひろしのは黒くて、まことは赤い。

その横ぶえをさ、ふたりそろって鼻で吹き鳴らすんだよ。鼻で吹くんなら、ゆうべやってくれよってんだ、まったく。

こいつらってば、そのほかにもこまごましたものをいっぱい買ってたよ。白い粉をまぶしたあめのふくろがある、十個入りのビー玉がある、まごの手がある、押し花のしおりがある――うん、コマもあった。てかてかで赤、黒、それに金色のもようがついてたよ。

めぐみは、まんげきょうを買ったんだってさ。それに、せんべいとくるみようかんだったかな。ちょっと見せてもらったら、おれのとはべつのくるみようかんでね。たぶん、おれのほうがおいしいだろうなと思ったけど、だまってたよ。

そのうちに、みんな、だんだんねむくなってきたらしい。へんにしずかだなあと思ったら、だらーん、でれーん、といねむりしてるやつらばかりでさ。

おれはずっと、まどの外を見てた。

また来るんだから、ちょっとでも道をおぼえておきたくてさ。

そしたら、前のほうにすわっていたぬまちゃんがやってきて、

「つかれてない？」

と言った。

「だいじょうぶだよ。ぬまちゃんもおみやげを買った？」

「私たちにはそんな時間がないのよ」

「みゆき先生も？」

「そう。みんなが元気で帰るのが、私たちのおみやげってとこかな」

「だったらさあ、ちょっとこれを見てよ」

と、おれはちっちゃなコマを取り出した。

「わあ、かわいい！」

「これって、名人のコマなんだぜ。五つもあるから、ぬまちゃんとみゆき先生にも、ひとつずつあげるよ」

「そんな……いいわよ。ぜんぶ持って帰りなさいって」

「いいから、いいから。好きなの取ってよ。みゆき先生のぶんも、えらんでやってよ」

ぬまちゃんは、うーん、と考えてたけど、

「じゃ、もらっとく。ありがと」

って、何かこわれそうなものをさわるみたいに、コマをふたつ取ってくれた。

そいでおれは、ゆうこさんの話をしたのさ。

せなかをかいてあげたこと、肩をたたいてあげたこと、ゆうこさんのお店で、おじいさんに会ったこと……。

「五十年も、ずっとコマを作ってきたんだってさ。ゆうこさんは名人だって言うけど、おじいさんはそうじゃないって言うんだぜ」

おれの話を聞きながら、ぬまちゃんはてのひらの上でコマを回していたよ。

手をちょっとかたむけるだけで、コマはゆっくり指先のほうへ動いてゆく。

まるくてやわらかな、指の先だって、そのコマはまっすぐに立って回りつづけてた。

なにげなく、おれが指先を近づけると、コマはおれの指に移ってきてさ。

ぬまちゃんと、おれとのあいだを行ったり来たりしながら、コマはずーっと回ってたよ。

「たしかに名人のコマねえ」

ってぬまちゃんは、ひとりごとみたいにつぶやいて、それからおれに、「これを持ってたら、きっといいことがあるわ」とか、「てつじくんはいっぱい物語を持ってるのね」とか言った。

「おれが？　物語？」

「そうよ。ゆうべのことだって……てつじくんのおかげで、こんどの林間学校のこと、みんな一生おぼえていると思うなあ」

いつまでも忘れることのない何か、それが「物語」なんだってぬまちゃんは言うのさ。そいで、その物語はどこから来るのかって言ったら、だれかの心の中にある、もうひとつの物語が、ふとしたはずみで外へ出てくるんだってさ。そんなものがおれの心にあるって——。

よくわからないけど、鼻でたてぶえを吹いて、こっぴどくおこられてたやつのことなんか、おぼえていてくれなくたっていいのにさ。

あれでまたおれは、折り紙つきの「へんなやつ」になっちまったんだぜ。そりゃもう、まちがいなしだ。

万の段

バスが学校に着いたら、ママさんたちがむかえに来てたよ。もっともおれのママは、

「来ないほうがいいと思うな」

って言っといたから、いなかったけどね。

まあ、それでよかったんだ。

おれがどれほどへんなやつに思われてるか、それを知ったらママだって熱が出るんじゃないのかなあ。

「どう？　おもしろかった？」

「おもしろかったよー」

って、それからおれのほうをちらちら見ては、「あのねー、となりのクラスにてつじって子がいてねー」なんて言うのが、いやでも耳に入ってくるんだから、おれのママは来ないほうがいい。ていうか、来ちゃだめだ。

そうそう、めぐみのママさんもいたよ。

もちろん、ひとみもいっしょさ。

「今夜は、ゆっくり休むこと。二学期には、元気な顔を見せてね。では、かいさん！」

みゆき先生がそう言うと、おれたちはばらばらにわかれた。

今すぐにでも「てつじー！」ってひとみが飛びついてくると思ったんだけど、ママさんとつないでいる手をはなさないで、動こうとしないんだ。

で、おれのほうから
「おーい、ひとみ！　おみやげがあるぞー」

とそばに行ったら、なんだかしょぼんとしているのさ。

「なんだ、なんだ、どうした？」

そしたらママさんが教えてくれたよ。

朝からパパさんが、知り合いのおそうしきに出かけたんだってよ。「しょうがないさ、いつかみんなもそういうときが来るんだから」とか言ってたそうだ。

ひとみには、それがすごくショックだったんだね。

「ばかねえ、そんなのまだまだだって。ずっとずっとさきのことだって」

とめぐみは、おねえさんっぽく言ってやってたけどさ。

「やだ。やだ！」

ってひとみは足をふんばってる。

「おい、ひとみ」

おれは、腰をかがめて、ひとみの目をまっすぐに見た。なんてきれいな目をしてんだよ、こいつ。

「ぜったいに、ひとみは死ぬもんか。安心してあそんでろ」

「ほんと？」

「ほんとだ」

「てつじは？」

「おれも死なない」

「パパやママは？　おねえちゃんは？」

「だいじょうぶだ。みんな死なない」

うそじゃないぜ。だって、あの超能力の本には、つよく思いつづけていれば、きっとそのとおりになると書いてあったんだからな。

「ふふーん」

ひとみが、やっと笑った。そいで、「てつじー、おみやげはー？」って言ったよ。

「そうら、みんな持ってけ！」

おれ、小さいのも大きいのも、あの名人のコマをぜんぶひとみにあげちゃった。

ママさんがあわてて
「どれかひとつに決めなさい」

と言ったけど、ひとみはかかえこんじゃって、
「てつじが持ってけって言ったー」
だってさ。

　いいよ、いいよ。おれはまたあそこへゆくんだから。そのときは、ひとみもつれてゆこう。ぬまちゃんや、みゆき先生もいっしょにゆこう。

「ひとみ、おんぶしてやるよ」
と言ったら、すとんとせなかに乗ってきた。

　こんなときにおんぶしてやらなきゃ、いつしてやるか、てんだ。な、そうだろ？　どんなに遠回りでも、せめて家に帰り着くまでは、いっしょにいてやらなくちゃ。

　おれの荷物は、めぐみとママさんがかわるがわる持ってくれたよ。

　家にはいると、ひとみはすぐにれいぞうこからアイスクリームを出してきてさ。ピンクと白の、しまもようのやつだった。じつはこれ、ひとみのいちばんお気に入りらしいんだけど、おれに食べろって言うんだ。

　スプーンをふたつ持ってきたから、かわりばんこに食べようというわけだね。ひとみだって、ひとみなりに考えてるのさ。たいせつなものをもらったから、たいせつなもので

お礼をするつもりなんだよ。

アイスクリームがなくなると、ひとみはノートを持ってきた。

「見せてくれるのかい？」

「うん」

それは、またまたおれが主人公のまんがでね、「てつじ、おてらへゆく」ってんだ。林間学校のこと空想してかいたんだろう。

まんがの中で、おれは坊さんの頭を木魚とまちがえて、ぽこぽこたたいてたぜ。坊さんはおこって、おれをくりくり坊主にしちゃうんだ。

そしたら、ほとけさまがあらわれてさ、

「てつじ、毛はえ薬をあげましょう」

てなわけで、おれはもとどおりになるんだけどね。

名人のコマで、ひとみとあそびたかったけれど、おれも自分の家に帰らなくちゃね。

おれんちの夕ごはんは、カレーライスだったよ。

らっきょうをばりばりかじってたら、ママが

「あんた、明日ひとりっきりでもだいじょうぶよね？」

って言う。朝早く、おやじのところへ行ってくるんだってさ。

いそがしくて、いそがしくて、せんたくものが山のようにたまってるらしい。おまけに仕事のなかまが、ひどいかぜをひいてるんだそうだ。えいようをつけてやらなきゃいけないので、ちゃんとしたごはんをこしらえに来てくれ――そんな電話があったんだってよ。

「どうしてもひと晩は、むこうでとまることになるけど……食べるものはれいぞうこに用意してあるから。ねんのために、これで好きなものを買うといいわ」

と、お金もくれた。

「おやじのところに行くなら、ちょうどいいや。おみやげがあるんだ」

って、おれがくるみようかんを出すと、

「へへえ、なかなかやるじゃないの」

だってよ。「でも、そうするとあんたのぶんがなくなるわよ。二本とも持っていってもいいの？」

「おれが元気で帰ってきたら、それがおみやげなのさ」

とおれは、ぬまちゃんのまねっこをしてやったよ。

どうもよくわからなさそうな顔をされたから、たぶんおれ、おかしなことを言っちゃったんだろう。

次の日、目がさめたら、もうママは出かけたあとだった。時計を見ると、ちょうどお昼でさ。からだのあちこちが、きっくん、かっくんしてたよ。寝過ぎちゃったのかもな。

しばらくテレビを見てたけど、たいくつしてきたので、宿題の自由研究をやっつけることにした。どんな科目でもいいそうだから、おれは算数でゆくのさ。かけざんの九九の新しいやつを発明したんだぜ。「万の段」だよ。

万一が万。万十が十万。万百が百万。万千が千万。万万が一億。——な、すごいだろ？

ひとり暮らし

その日の夕方、ママから電話があった。

「ひとりでおふろをわかすのはあぶないから、今日はシャワーだけにしときなさい」

って。

へへん、じまんじゃないけど、おれは毎日シャワーだけなんだぜ。せっけんなんか、ここ三年は使ったこともないや。まあこれはないしょにしとこう。

それからおやじが電話に出たよ。

「くるみようかん、なかなかおいしかったぞ」

そいで、何かおもしろいことを話してくれと言うから、かけざんの九九、「万の段」を教えてやった。

「わはは。すごいぞ、てつじ」

「ざっとこんなもんだ」

おやじは、さっそくみんなにこの「万の段」をひろめてやろうとか言ってたぜ。うーん、ひろめるのはいいけど、ばかにされないかな。いや、その前にママが「やめときなさい」って止めるだろう。きっとそうだよ。

ガスコンロと、ほうちょうは使わないように、って、また言われて、そいで電話が切れた。切れたとたんに、またかかってきたよ。

こんどはみゆき先生だった。

「ぬまたさんから、コマをもらったわよ。ちゃんとお礼を言えなくてごめんね……今も、私の机の上で回ってるわ。名人のコマなんだってね。ありがとう」

そいで、ママが電話に出るかと思っていたのに、いきなり本人のおれが出たのでびっくりしたって言うから、

「おれ、ひとり暮らしをはじめたんだぜ」

と言うと、

「ごはんはどうしてるの？」

って聞かれたよ。

「ひとまず、きのうのカレーライスの残ってるやつを食べたよ。おむすびがまだ三個あるけどね」

みゆき先生も、ママとおんなじさ。ひとりでガスコンロやほうちょうは使っちゃだめよとか言ってた。それから、今日はどこにあそびに行ったか、って。

「行かなかったよ。ひまがなかったのさ」

「あらそう。勉強をしていたのね？」

「それはもうすませたよ。算数の自由研究をしたんだ」

「すごいじゃないの」

先生がほめてくれるもんだから、おれさ、得意になって「万の段」のことをしゃべったわけよ。

「どう？」

「どうって……どう言えばいいのかなあ」

みゆき先生は、あんまり感心してくれなかったな。ちょっとむずかしすぎたのかもしんないね。もっとかんたんなやつにしとけばよかったよ。

「じゃあ先生、こんなの知ってるかい？　あのね、ゆでたまごを電子レンジであったためると、ばくはつするぜ」

「ばくはつしたの？」

「したよ。食べられそうなところは、ほとんどなかった。レンジの中に、こなごなになって飛びちってやんの。すごいだろ？」

「あちこちにくっついて、たいへんだったでしょ？」

「だからだよ。ママに見つかる前に、きれいにしておかないとね。一日じゅう、レンジの内がわをこつこつとそうじしてたのさ。あそびに出かけるひまなんかあるもんか！」

みゆき先生は電話のむこうで「まあ……」と言ったきりだまっていたっけ。

「てなわけで、先生もゆでたまごには気をつけたほうがいいよ」

「そうね。私も気をつけるわね。ところでさ、てつじくん。そのひとり暮らしはいつまでなの？」

「明日までだよ」

「ひとりでおふろをわかさずに、今日はシャワーだけにするのよ」

ははっ、ママと同じことを言ってら。

「それと、お野菜も食べるようにね」

「わかった。トマトを食べるよ」

「ちゃんとあらってから食べるのよ。いい？」

なんて、みゆき先生てば、やたらと細かいことをいろいろ気にかけてくれてさ。

ひとり暮らしをしてると、こんな電話でもうれしいもんだね。

忘れないうちに、トマトを食べて――口も手もべたべたになっちゃったよ。えっと、タオルはどこだ。

家の中をごそごそひっかきまわしてたら、いいものを見つけた。おやじのサングラスさ。

こいつは、ひろしやまことにじまんできるぜ。

鏡の前でサングラスをかけたりはずしたりして、ふとゆうこさんにもらったハガキのことを思い出した。

そうだ、ハガキを書こう！

表には、ゆうこさんがはじめから、住所と名前を書いてくれてある。これだったら、とにかくちゃんととどくわけさ。

しかし、こういうのはむずかしいよな。いったいどんなことを書けばいいんだろうね。

テストのときなんか、いつもみゆき先生は

「わかっているところからはじめなさい」

と言ってたっけ。

てことはしめくくりから書けばいいのさ。

——ではお元気で。てつじ。

ハガキのいちばん下のところに、おれはまず、そう書いたわけよ。

そしたら、こんどはいちばん上に書く文句がうかんできた。

——ゆうこさん、おじいさん。

ははっ、うまい、うまい。けれど、ここからが問題だな。

それに、考えてみると、ゆうこさんよりもおじいさんのほうをさきに書くのがほんとうかもしれないって気がするよ。

だもんで、その下に
――いや、おじいさん、ゆうこさん。

と書いたのさ。

だんだんとへんになってきたぞ。

こういうときは、正直に書くしかないよな。そいで、「どちらをさきに書いたらいいかわからなくなっちゃった」とつづけたんだけど、ますますへんになってきたみたいでさ。

――はじめに知りあったのは、ゆうこさんだけど、おじいさんのほうが年上だから、まよってしまったんだ。どういうふうに書いたらいいか、教えてください。

ここまで書いたら、ハガキがいっぱいになっちまってね。だって、もう「ではお元気で」って書いてあるもん。

自分でも、こんなのおかしいって思うよ。

出そうか、出すのをやめようか。

ゆうこさんや、おじいさんは、このハガキを見てどんな顔をするんだろうね。笑ってくれるかな。笑ってくれるんなら、出してもいいよな。

で、おれ、ゆうこさんの笑い顔を思い浮かべてみた。うふふ。

それから、おじいさんの顔だ。

ところが、なかなか浮かんでこないわけよ。

うっかりすると、いつかの総理大臣の顔が出てきちゃってさ。

ちがう、ちがう。そっちじゃないよ、って消そうとしても、――いや、消そうとすればするほど、そればっかりが出てくるんだ。

「もう、やーめた」

と口に出して言ったとたんに、すっとおじいさんの顔があらわれた。

しっかりおぼえておかなくちゃ、って思うのに、おじいさんはひょいとうしろを向いたりしてね。

でもさ、総理大臣と、コマ作りのおじいさんと、その顔のどちらが好きかっていったら、おれはだんぜん、おじいさんのほうだね。ちっとも、うそっぽいところがないんだもん。

ねんがじょう

そいでさ、おれ、いいことを思いついたんだ。

もらったハガキは、あと二枚ある。

だったら、ゆうこさんと、おじいさんとに、一枚ずつ書けばいいじゃん。これならあて名の順番になやむこともないじゃん。

おじいさんへのハガキには、こう書いた。

「おれ、てつじです。

おじいさんは、総理大臣よりもえらいと思います。おじいさんの顔を思い出すのに、ずいぶんくろうしました。コマ作りの名人のおじいさんへ」

ゆうこさんへのハガキは、こうだ。

「おれ、てつじです。

くるみようかんも、おじいさんのコマも、みんなよろこんでいます。またいつか、きっと行くから待っててね。ゆうこさんへ」

これでハガキを三枚ぜんぶ使っちゃった。

一枚ぐらいへんなのがまざっていても、そこは大目に見てもらおう。あとはポストに入れてくるだけさ。

なんだかうれしくなって、おれ、自分の書いたハガキをなんべんもなんべんも読みかえしちゃったよ。

ところで、ポストってどこにあるんだっけ。

今まで、ゆうびんてものを出したことがなかったから、ポストの場所も知らないのさ。

まあいいや。明日はポストをさがしにゆこう。そいでハガキを出してこよう。

ところで、何事も用心がかんじんだぜ。

もしもママが早く帰ってきて、おれの書いたハガキを見つけたりでもしたら、えらいことだ。はずかしくて、はずかしくて、消えてしまいたくなっちゃうよ。

おれは、かばんの中に三枚のハガキを押しこんで、上からぱんぱんとたたいた。これで安心さ。

だけど、その用心がまずかったんだね。

次の朝になったら、おれはいったい何をするつもりだったのか思い出せないのさ。

こういうときは、出発点からやり直すのがいい。

てなわけで、まずおやじのサングラスをかけてみた。

そこへ、ママが帰ってきたんだ。

「それ、なんのつもり？」

「いや、べつに」

「何かかわったことはあった？」

「なかったよ」

「あ、そう」

と言いながら、ママは電子レンジをあけた。

「てつじ、あんた、ゆでたまごを――」

三分もたたないうちに、ゆでたまごのばくはつがばれてしまったよ。早く逃げなきゃ。

「おれ、ちょっと出かけてくるから」

「どこへゆくの？」

「ポストに、ゆうびんを」

あっ、ポストだ。ハガキを出してくるんだった。やれやれ、やっと思い出したぞ。

「サングラスはいらないでしょ？　おいていきなさい」

「外はまぶしいと思うけどな」

「子どもは、ぼうしだけでいいの」

とまあ、そんなこんなで、おれは家を出たわけよ。さすがにかばんは忘れなかったぜ。

それにしても、ポストはどうやってさがすんだろうな。「おーい、ポスト！」って呼んだら、「ここですよー」って答えてくれるとか、そんなふうになってたらいいのにな。

よし、だれかに聞いてやろう。

どうせなら、親切ていねいに教えてくれそうな人がいいよな。

まずは練習だ。「えー、このあたりにポストはありませんか？」「えー、ポストはどこでしたっけ？」

なんてやってるうちに、何人かとすれちがってしまってさ、思いきって声をかけたら、それが外国人だったり、ポストをさがすのはたいへんだぜ。ポストが赤い、てのはおれも知ってんだけど、どんなかたちをしてるんだい？　かりに赤いものを見つけても、もしかするとぜんぜんべつのものかもしれないじゃないか。

と、そこにあらわれたのがめぐみだった。

「さっきから呼んでるのに、気がつかなかった？　うろうろ歩きまわって、どうしたのよ」

「おれ、ポストをさがしてんだ」

「ポストなんかさがさなくたって、すぐそこがゆうびん局じゃないの」

めぐみの言うことには、ゆうびん局に持ってゆけば、ポストに入れるよりも早く、手紙でもハガキでも相手にとどくんだってよ。

「今から私も、暑中おみまいを出しにゆくのよ」

って言うから、おれ、めぐみについていったわけだ。

さすがに学級委員だね。いろんなことをよく知ってるよ。ピアノ教室の先生に、暑中おみまいをもらったんで、返事を書いたらしい。

ゆうびん局の中に、手紙なんかを入れるところがあって、おれもぶじにそこへ三枚のハガキをほうりこんだんだけど、めぐみのやつ、くすくす笑いながら、

「ひとみったらねえ、暑中おみまいのことを、ねんがじょう、ねんがじょうって言って聞かないのよ。まあ同じようなものだけれど」

と言った。

「ねんがちょう？」

「何を言ってんの、ねんがじょうよ。お正月にいっぱい来るでしょ？」

「ははあ、あれか」

おれは出したこともらったこともないけれど、そういえば、お正月にはハガキがたくさん来るなあ。ママとおやじとで、だれそれさんはひっこしをしたとか、赤ちゃんが生まれたらしいとか、とどいたハガキをながめながら話がはずんでたっけ。

「ねえ、てつじくん。ひとみにも書いてやってもらえないかな」

ひとみのやつ、「もうすぐてつじからねんがじょうが来るんだ」って、楽しみに待ってるんだそうだ。

ということは、毎日毎日、ゆうびん屋さんが来るたびに、がっかりしてるってことだよなあ。

「いいとも。すぐに書くよ。ここで書いて、ここから出したら、いちばん早いだろ？」

うまいぐあいに、おれはかばんを持ってきてるから、えんぴつだってちゃんとあるわけさ。ポケットにはお金もいくらかあったしね。

その場でハガキを買って、めぐみに住所を教えてもらって——なるほど、ゆうびん局ってのは、べんりなところだねえ。

それに、ねんがじょうならかんたんさ。書くことは決まってるもんな。

「あけましておめでとう。

ことしもよろしく！

またいっしょにあそぼうぜ」

どんなもんだい。あっというまに書けちゃったぜ。おっと、「てつじより」。よしよし。

「ちょっと、てつじくん！」

「なんだよ」

「これって、ねんがじょうじゃないの」

「そうだよ」

「もうほんとに、信じられなーい」

「何が？」

おれは、「いきようよう」と、そのハガキをさっきのところへほうりこんだ。

「今は、夏のまっさかりじゃないの。なんでねんがじょうなのよ」

ってめぐみが、ちょっとこわい目になってた。

「だってひとみは、ねんがじょうを――」

「笑われたって、私は知らないからね」

いいじゃん、笑われたって。ひとみがよろこんでくれたら、それでじゅうぶんさ。

とびいりかんげい

ゆうびん局から帰ったら、なんと、ぬまちゃんが家に来てるのさ。

おれが、ひとり暮らしをしてるって、みゆき先生に聞いて、心配になって見に来てくれたというわけさ。

「もうママがいるから、ひとり暮らしはおしまいなんだ」

「よかったわねえ」

おれが帰ってくるまで、ママとぬまちゃんはどんな話をしてたんだろう。

「それじゃあ私はこれで――」

って、ぬまちゃんが出てゆこうとするから、

「もっとゆっくりしていってよ」

と言ったら、ママが
「おや、あんたもふつうのあいさつができるのね」

と笑うんだ。

「なんだよ、いつもおれがふつうじゃないみたいに」

するとママは、ぬまちゃんに
「ね、これなもんですから」

だってよ。ぬまちゃんもこまってたぜ。

「そこまで送っていくよ」

とおれは、ぬまちゃんといっしょに、また家を出た。そいで、ゆうびん局でのことなんかを話したわけだ。

「へえ、ねんがじょうをねえ……いいなあ、おもしろいわよ、てつじくん」

「やっぱりぬまちゃんは、ちゃんとわかってくれるんだね」

おれが、めぐみにちょっとおこられたと言うと、

「あの子はまじめだから」

とぬまちゃんは言って、「いや、てつじくんもまじめなんだけどね」と、おれの肩をぽん

とたたいた。

　こうやって、ぬまちゃんとふたりで歩くのは、金魚を川へ逃がしてやったときと、これで二回めだなあと思っていたら、

「これで二回めよねえ」

とぬまちゃんが言った。

「おれも今、同じことを考えてた！　超能力だ！」

「ほんとだ。超能力だ」

「どちらの？」

「どっちだっていいや」

てんで、大笑いになったよ。

　そいでさ、おれ、林間学校のお楽しみ会のことを思い出して、

「あのとき、いっしょにたてぶえをふいてくれたのは、ひとみだぜ」

と言った。

「ひとみちゃん？　めぐみちゃんの妹の？」

「そうさ」

「でも、ひとみちゃんは自分の家にいたんでしょ？」

「だけど、おれのたてぶえが聞こえてた、ってさ」

ぬまちゃんは、ふうん、って考えこんでたよ。


そのひとみから、ねんがじょうの返事が来た。八月さいごの土曜日のことさ。

たぶん、ひとみのママさんの字だと思うけど、

「こんどの土曜日、たてぶえを持って、ひなんくんれんのときの中学校まで来てください。校門のところで待ってます。お昼の一時、まちがえないでね」

と書いてあった。その下に、へたっぴな字で、「きっとだぞ！」って。ここだけひとみの字だね。

土曜日？　今日だぜ。

一時？　もうすぐじゃん。

おれ、あわてて飛んでいったよ。

校門のそばに、かんばんが立てられてて、

「ちびっこ音楽まつり」

と書いてある。その前で、ひとみとママさんが、おれを待ってた。

ママさんの見せてくれたチラシには、「とびいりかんげい！　楽器を持ってあつまろう」

だってよ。

　ひとみが
「てつじもこれに出るんだからね。いっしょに出てやるから、しんぱいするなって」

と、たてぶえを、ぐいっとつき出した。

「おねえちゃんも来るのかい？」

ってたずねたら、ママさんが
「あの子は、ピアノ教室があるから来られないの」

と言う。

「だから、てつじを呼んだわけよ」

ひとみが、うひひと笑った。

ははあん、なるほどなあ。

会場は、体育館さ。けっこう広くてね。

はじめに、ブラスバンドが出て、三曲やったっけ。

それから、コーラスを聞いたよ。

ひとみのやつ、そわそわしてるんだ。早く「とびいりかんげい」にならないかなあってね。

で、やっとそのときが来たわけよ。

司会のおにいさんが

「それじゃあ、とびいり希望の――」

って、そのことばも終わらないうちに、

「はーい、はいはい！」

と、ひとみは手をあげた。手をあげただけじゃない、ステージめがけてかけ出してゆくんだ。

コンテストみたいになってて、賞品が出るらしいんだよ。それであんなにはりきってるわけだ。

「てつじー、早く、早く」

ママさんが、立ちあがったおれに「ごめんねえ」と言った。

ところが、おれがステージにあがろうとすると、よそのやつに引き止められてね。

「なんでおまえが出るんだ」

とか言って、道をふさぐのさ。

おそらく、賞品をひとりじめにしなくちゃ気がすまなかったんだろうな。

ていうのは、賞品てのが、ギターなんだよ。

べつにほしくはないけど、じゃまをされたんじゃ、こっちだって気がすむもんか。

こうなったら、何がなんでも、ひとみにギターを持って帰らせなくちゃ。

おれは、そいつの横をすりぬけて、ステージの上に出た。

おれのうしろにいた何人かは、そいつのために、すごすごとひきかえしていったよ。

そんなわけで、とびいりのコンテストに出ることになったのは、そいつと、ひとみと、おれの三人だけだった。でも、ひとみとおれは、ふたりでひと組だから、一対一の勝負さ。

はじめは、そいつだった。

ピアノをひきながら、歌をうたってね。

なかなかうまいもんだ。あんなずるいことをしなくたっていいのにと思ったぐらいだよ。

司会のおにいさんが
「いい歌ですね。聞きほれましたよ」

と言ったら、そいつ、

「ぼくの作った歌です」

と頭をかいてたけど、なんだい、いい子ぶっちゃって。

で、次がひとみとおれさ。

何をしたか、って？

そんなの、決まってるじゃん。「小鳥のなんとか」って曲さ。それをたてぶえでね。

「てつじ、あれだよ」

とひとみが言った。

「おう、わかってる」

と、おれも言った。

えへへ。鼻で吹くんだよ——たてぶえを。

めぐみはここにいないんだから、おれたち、へっちゃらさ。

てつじとひとみ

鼻で吹くたてぶえ――それだけで、会場はもう大爆笑だった。ふたりそろってだもんな。

よし、勝ったぞ、と思ったよ。

あんなやつに負けてたまるか、って気持ちもあった。

それがいけなかったんだね。

どうしても、つよく吹きすぎちゃうのさ。

ひとみは、あんなに落ち着いているのに、おれの出す音は、へんにうわずってた。

おまけに、くしゃみが出そうになってさ。

だからおれ、必死でがまんしたんだ。

がまんして、がまんして、ひたすらがまんして。

そしたら、よけいなことを考えなくなった。

おっ、いい感じだな、と思ったりもしたけれど、だんだんとそれも消えていったよ。

とちゅうのむずかしいところも、自然に吹けた。

これって、たぶんひとみのおかげだね。

とってもなめらかだったし、うまくおれに調子をあわせてくれたし。

曲が終わるころには、くしゃみのことなんかすっかり忘れていたっけ。

すごい拍手をもらったんだぜ。

司会のおにいさんが、おれたちに
「おふたりは、ごきょうだいですか？」

と質問した。

答えるのは、もっぱらひとみだ。

「ちがうよ」

「じゃあ、お友だちかな？」

「ちがうよ」

「とすると、いったいどんな？」

「てつじとひとみ、だってば」

まったくそのとおりだよな。

客席で、ひとみのママさんは笑いころげていたよ。

さて、おれたちと、あいつと、どちらが賞品をもらえるか、なんだけど。

「この会場のみなさんの拍手で決めましょう」

っていうわけよ。

「はじめの、ピアノと歌がよかったと思う人、拍手を――」

ぱちぱちぱち。

「では次の、たてぶえのほうがよかったと思う人、拍手を――」

よく言うだろ、「割れんばかりの拍手」って。まさにそれだ。会場ぜんたいが、わーんとひびいていたぜ。

なのに、この司会のおにいさん、首をかしげてやんの。

「うーん、これはむずかしい！」

どうやら、あいつに賞品を取らせてやりたいらしいよ。

会場が、ざわざわしてる。

で、拍手をもう一度、ってことになった。

おれたちのもらった拍手は、さっきよりももっともっと大きかった。

それでもまだ、司会のおにいさんは「うーん」とか言ってんだ。

おれ、いやになっちゃったよ。

そんな賞品なんか、あいつにくれてやればいいって思った。でも、あのギターは、おれのものじゃない。あれは、ひとみがもらわなくちゃ。

そしたら、会場のすみっこから
「ちょっと！　そんなの、おかしいじゃないですか！」

って立ちあがったやつがいる。

めぐみだよ。いつからそこにいたんだ？

「これだけはっきりしてるのに、どうして決められないんですか！」

そうだ、そうだ、って声があちこちで聞こえたよ。

司会のおにいさんは、こっそり「すまん、すまん」とあいつに手をあわせて、ようやくおれたちに賞品のギターを渡してくれた。

あいつったら、ものすごい目でおれたちをにらんでたぜ。

そりゃあ、いい気持ちはしないさ。

でも、ひとみのやつ、あけっぴろげにはしゃいでるんだ。ギターにほおずりなんかしてね。とにかく、よかった、よかったってところだな。

めぐみは、ピアノ教室でのレッスンがすむなり、この中学校にかけつけて来てくれたんだそうだ。

「さすがだなあ！　たよりになるぜ」

と言ったら、

「あんたたちが、へんなことをするんじゃないかって、気になってただけよ」

と言われちゃった。ママさんが
「そしたら、あんのじょう――だったわね」

って、ひとみの頭をなでてやってたよ。

まだ「音楽まつり」はつづいていたけれど、こんなに大きなおみやげがあるんだから、おれたちはさっさと帰ることにしたのさ。

横っちょからめぐみが、手を出してギターをぽろろんと鳴らす――するとひとみが
「もう！　だめだったら」

とふくれる。

それを見ながら、おれ、あの超能力の本のことを思い出してた。

めぐりあいを大切にしなさい、って書いてあったんだよ。だれかとのめぐりあいだけじゃなく、何かとのめぐりあいも、同じように大切にしなさい、ってね。

今日、ひとみは、ギターというものにめぐりあったんだよなあ。これからどんなことがはじまるんだろう……。

ふと、ママさんが

「てつじくんの賞品はどうするの？」

と言った。「あんなにがんばって、それで何ももらえないなんて」

「ううん、おれももらってるよ」

そう言って、おれはてのひらを出して見せた。「目には見えないけどさ」

「それでいいの？」

「これがじつは、いちばんすごい賞品なんだ」

おれが、「な、ひとみ？」と言ったら、

「そうだよ」

って、ふり向いた。ママさんは「まあ！」と言いかけて、くすんと笑ったよ。

ああは言ったものの、ほんとの話、おれだって自分のことばの意味なんか、ちっともわかってなかったんだけどね。おれのてのひらの上には、いったい何が乗っていたんだろう。

みやげ物のお店の、ゆうこさんやおじいさんから手紙をもらったのは、九月に入ってからだった。

ひと月たらずしかたっていないのに、林間学校のときのことが、ずいぶんとむかしだったみたいに思えてさ。

ふんふん、ふんふん、なんて、かるく読んでいたら、その手紙にとつぜん「ぬまたさんがお店に来てくれたんですよ。てつじくんのこともよく知ってるって。おじいさんのコマを、ぬまたさんにあげたんだってね。それで、お仕事の休みの日に、どうしても来てみたかったということでした。ぬまたさんにもよろしくお伝えください」だって。

あれからあとで、ぬまちゃんはあのお店に行ったんだね。目印の、赤いかんばんのことを、ちゃんと話しといてよかったよ。

おっとっと、手紙はこれで終わりじゃなかった……。

ぬまちゃんたら、おじいさんに教わって、自分でもコマを作ってみたらしいのさ。すっかりむちゅうになってたようだぜ。

「というわけで、てつじくん。

私とおじいさんに、すばらしいお友だちをプレゼントしてくれて、ほんとうにありがとう」

そして、その下に、おじいさんの字で
「まあ、そういうこった」

と書いてあったよ。たったそれだけさ。うふふ。

つまりこれは、ぬまちゃんとコマとのめぐりあいってことだよな。ひとみがギターとめぐりあったみたいに、さ。

めぐみはすごい

九月でも、しばらくはまだプールの授業があるんだよ。

おれは、十五メートルしかおよげない。

それでも、去年は十メートルだったから、いくらかは進歩したわけさ。

ひろしは二十五メートル、まことはターンができるので、四十メートルくらいおよぐよ。

もっとすごいのは、めぐみだ。たーっと、百メートルをおよいじゃうんだぜ。スイミング教室にかよってたからだって言うけど、それならひろしはどうだい。あいつだって、スイミング教室の生徒なのにさ。

おれだって、負けちゃいられないから、ほら、あのシンクロってのをやってみようとしたんだけどね、ちょっとまねっこをするだけで、鼻に水がはいってきて、そりゃもうたいへんだった。そういえば、シンクロの選手は、せんたくばさみみたいなので、鼻をつまんでるよな。

へろへろになって、なみだをぽろぽろこぼしながら、ぜいぜいあえいでたら、みゆき先生が

「こむらがえりでもしたの？」

って、足やせなかをさすってくれたよ。

すると、まことのやつが

「ちがうんだよ、てつじ、シンクロを見せてやるとか言ってたよ」

なんて、よけいなことを言うわけさ。

「そう。シンクロはむずかしいから、やめましょうね」

って言われちゃったよ。

そいでさ、おれ、むずかしくないシンクロだったらできるのになあと思って、ひろしとまことに、いっしょにやろうぜ、と持ちかけたわけさ。

三人そろって、ぶくぶくとしずむだろ、それから「せーの！」で水の上へ飛び出して、くいっくいっと首を回すんだ。はは、かんたんだろ？

なのに、ひろしもまことも
「あほくさ」

とか言って、相手にしないんだ。

女の子たちは、おれのシンクロを見て
「あれは何をやってんの？」

「水鳥が、どじょうをつかまえてるところじゃないの？」

だってさ。そしたらみゆき先生が
「こら、てつじくん。シンクロはやめなさいって言ったでしょ」

ってさ。

みゆき先生には、ちゃんとわかってたんだよ。しかられたって、こういうのはちょっとうれしいよな。

というわけで、クラスの中でシンクロができるのはおれひとりしかいないのさ。

しかし、プールに入ったあとは、ものすごくねむくなるけど、あれはなぜだろうね。これはおれだけじゃないぜ。めぐみだって、うとうとしてたもん。ただ、おれとちがうところは、めぐみはいねむりしながらでも、ちゃんと勉強をしてるってことだ。うっすら目をつむっているのに、教科書をめくったり、ノートを取ったり……ほんとにすごいやつだぜ、めぐみって。

プールの授業がなくなったら、体育の時間は、運動会の練習になる。
おれ、かけっこの練習をするんだろうと思ってたんだ。だけど、ちがうんだね。それはめいめい自分でやりなさい、ってさ。

だったらやらないよ。

リレーに出るのなら、練習しなくちゃ。バトンを渡したり、もらったりとかね。でも、おれが出るのは「かりものきょうそう」だもん。

だれもやりたいって言わないから、おれに決まっちゃったってわけだ。おれはべつに、なんでもいいのさ。

それで、運動会の練習てのは、ダンスなんだよ。「ひまわりさいた」――これは、めぐみの友だちの、はるかって女の子の考えたものなんだけどね。

みんな、ポケットの中に三枚のハンカチを入れてある。はじめはみどり、次に黄色、そして茶色と、順番にハンカチをふりながら、まるい輪をかいておどるのさ。ひまわりが、つぼみから花になって、種をつけるまでをあらわしているわけよ。

みゆき先生が、ぴったりの音楽を見つけてきてさ、けっこう楽しいもんだぜ。

と思ってたら、はるかがへんなことを言い出した。どうもたったこれだけじゃ、おもしろくない、てんだ。

なにしろ、このダンスを考えついたのは、はるか本人だからね。みゆき先生も、

「じゃあどうすればいいかな？」

と意見を聞くだろ、そしたらはるかが

「ひまわりの花に、ハチが飛んできて――」

だと。

みつを吸いにハチが来て、ぶんぶん花のまわりを飛ぶんだそうだ。

このあたりから、おれはなんだかまずいことになりそうな気がしてきたよ。

ハチは、いっぴき。

黄色と黒の、しまもようの服を着ること。

もちろん、せなかにはちゃんと羽がある。

「でもさあ、だれがハチの役をするの？」

と言ったやつがいる。もちろん女の子さ。

「だれ、って――」

「ハチになりたい人は、手をあげて」

おれは、自分が言い出したんだから、はるかがやればいいと思ってたんだけどなあ。

けっきょく、くじびきで決めることになったよ。

くじに当たったのは、ちいちゃんだった。

えーと、ちいちゃんのほんとうの名前は、どういうんだっけ。とにかく、ちいちゃんだったのさ。

泣き出しちゃってね。

ひとりだけ、みんなとちがうかっこうをするのが、いやでいやでたまらないらしいよ。

「わかる、わかる」

って女の子たちはちいちゃんをなぐさめてた。なぐさめながら、ちらちらおれのほうを見てたように思うんだけど、気のせいかなあ。

そしたら、ひろしが

「はるかが、ハチのことなんか言うからだよ」

と言った。

あーあ、はるかも泣いちゃったよ。

「そんなら、私が――」

とみゆき先生が言いかけたとき、めぐみが机の下から、おれの足をけっとばしやがんの。

わかったよ。わかったてば。

「あのー、せっかくくじをひいたのにわるいんだけどさー、おれがハチになってもいいかなあ?」

するとまことが

「そのことばを待っていた!」

だとさ。「ようよう、総理大臣!」

いいかげんにしてくれよ、ってえの。

そいでおれ、まずちいちゃんに
「おれがハチになってもいいか？」
ってたずねるだろ。ちいちゃんはうつむいたままで、ちびっとうなずくだろ。それからこんどは、はるかに
「おれがハチをやるからな」
って言うだろ。はるかはまだそっぽを向いてるだろ。それでめぐみが
「てつじくんが、ハチをやりたいって言ってるんだから、やらせてあげようよ」
なんて言って、はるかにやっとのことで
「それでもいいけどさ」
と言わせるわけだ。
みゆき先生は、たぶんはらはらしてたと思うよ。黄色と黒の、しまもようの服は、先生とぬまちゃんとで、こしらえてくれることになった。

スキップ、スキップ

ハチになるってのは、そうかんたんなことじゃないぜ。

ぶわーん、ぶわーんと言いながら――これは羽の音さ。鳴き声とはちがうんだよ。

それから、立ち止まっては鼻をひくひくさせるんだ。「どこかでみつのにおいがするぞ」ってことだよ。

そいで、ひまわりの花に近づいてゆくんだけど、なにしろみつを吸うんだから、口をとんがらせなきゃならない。

すると女の子たちは、きゃあきゃあ逃げるんだよ。「おかしくて、こわい」んだと。

これじゃダンスにならないよな。

しかたがないから、男の子のほうへむかってゆくのさ。そこでまた笑われちゃう。「口にストローをくわえたらどうかなあ」と言われたっけ。でも、それだと「ぶわーん、ぶわーん」って言えないだろ？

いろいろとやらせるだけやらせといて、いちいち文句をつけるんだから、人間ってかってなもんだぜ。いや、おれも人間だけど、さしあたり今のところはハチだってことでね。

しまもようの服は、黄色いシャツに、黒のリボンをぬいつけてあるんだ。みゆき先生も、
ぬまちゃんも、うまいこと考えたもんだよ。

ためしに着てみたら、

「てつじくん、かっこいいね！」

とぬまちゃんが言ってくれた。

「じゃあ、もうひとつこしらえて、ぬまちゃんも着るといいよ」

と言うと、

「うーん。私はたぶん、にあわないと思うな」

って。こういうのがにあうのは、おれぐらいなんだそうだよ。

でも、けっきょくぬまちゃんは、このしまもようの服をもうひとつ作ることになった。

ひとみだよ。

おれと同じかっこうをしたがってさ。

ダンスの練習を、教室のまどから見てたらしい。休み時間が来るなり、飛んできて、

「かして、かして」

ってひっぱるもんだから、ぬまちゃんが
「リボンもあまってるし、ひとみちゃんのぶんぐらい作ってあげるわよ」

と言ってくれたんだ。

　せなかの羽は、厚紙を切って、ひもをとおして、ランドセルみたいにしてある。こいつはすぐにめちゃくちゃになりそうだから、本番のときだけ使うことにした。

　そいで、十月になって、運動会だ。

　この日、ひとみは、ふつうの「たいそう服」じゃなくて、れいのしまもようの黄色いシャツを着てきたんだ。まあそのめだつことと言ったら！

　ちゃんとした服を持ってきてないんだから、先生だってどうしようもなかったんだろう。

　かけっこで、すてんところぶわ、起きあがってから反対のほうへ走り出すわ、つなひきではとちゅうで手をはなしてひと休みをするし、おねえちゃんのめぐみは、なるべくひとみを見ないようにしてたくらいさ。

　だけど、相手はひとみだからな。いやがおうでも知らんぷりができなくなるわけよ。

　ていうのは、おれたちのダンス、「ひまわりさいた」のとき——。

　ハチになったおれが「ぶわーん」と花へちかづいてゆくと、見物席のロープをくぐって、

「てつじー」

と、やってくるのさ、ひとみが。

いっぴきだけのはずだったハチが、二ひきにふえちゃったよ。

「何をやってんのさー」

「みつを吸ってんだよ。ちゅーちゅーって」

「おもしろーい！　ちゅーちゅー」

「ちゅーちゅー」

めぐみが「ひとみ！　おこるよ！」って言うんだけど、ダンスをやめるわけにはいかないしな。腹を立てながらおどってたよ。

さて、ひまわりの黄色い花が、茶色の種になった。

ハチの出番はこれで終わりだ。

それでもひとみは、口をとんがらせて「ちゅーちゅー」をやめない。

「よーし、もう帰るぞ」

と言ったら、そら来た。「おんぶー」

おんぶをして、一年生の席まで行ったよ。

おれの出る「かりものきょうそう」、これがさっきの「ひまわりさいた」のすぐあとなのさ。

着がえるひまがないよ。

で、おれ、ハチのかっこうで、スタートラインに立ったわけだ。

「よーい、どん！」

で飛び出して、ならべた机の上のメモを取りにゆく。

たたんだ紙をひらいたら、

「くろだ先生と、うでを組んでスキップで」

なんだこりゃ。おーい、くろだ先生、って呼んだら、たまげちゃったよ。

「ぼくかい？」

と立ちあがったのが、林間学校のときの、あいつなのさ。あのこわい先生さ。

おれ、メモを見せて
「うでを組むんだ。スキップだ」

と言った。おお、そうか、てんで、ひとまずうでは組んだよ。

だけどこの先生、なんでだろう、スキップができないのさ。

ひょこっ、ひょこっ、と足をしゃくってはいるけれど、ちっとも前に進まない。

「いやどうも、すまんなあ」

とか言って、自分で笑ってんだぜ。

おれたちがもたついているあいだに、ほかのやつらはつぎつぎにゴールインしちゃったよ。たちまちびりっかすに決定さ。

これはおそらく、この先生がスキップできないのを知ってて、こんなメモをこしらえたんだろうね。だれだか知らないけどさ。

いち、に。いち、に。

おれはごうれい・・・をかけながら、いっしょにスキップをした。したんだけど、うでを組んでるこの先生が進まないから、おれもその場で、たったか、ちったか、ぴょーん、ぴょんのくりかえしだよ。

そしたらまた来た。ひとみがやって来た。

「てつじー。まぜてよー」

おっきいのと、ちっちゃいのと、そのなかにおれがいて、三人ならんでぴょんぴょんさ。

そうなんだ。

ひとみもスキップができないんだよ。

テントの下の、放送席からは

「あらあら、どうしちゃったんでしょう？　とにかくがんばれ、がんばれ」

ってマイクの声が流れてきたよ。

はじめは笑い声だったのが、こんどはおうえんのかけ声で、運動場がどよめいていた。

ひとみは、きゃっきゃっはしゃいでるけど、くろだ先生はすっかりこまってんだ。

「あせっちゃだめだよ。ゆっくりやろう」

おれは、いったんスキップをやめさせた。

それから、「右足のひざを上げて……左の足だけで、ちょっと前のほうへとんでみる。うん、それでいいよ。次は、同じように左足のひざを上げて、右足だけで、ちょっと前にとぶ。そうそう。これをつづけたら、それがスキップさ。さ、やってみよう」なんて、動きをこまかくわけて教えることにした。

「ははあん。こうか？　こうだな？」

「まあ、そんな感じでね」

おれたちは、かたほうずつのひざを上げては、ぴょんととぶってのをくりかえしたわけさ。

じれったくなったのか、見るに見かねてか、ほかの先生たちもやってくる。生徒たちもあつまってくる。なんだか知らないうちに、えらい人数になっちゃったよ。そいで、みんなでスキップスキップさ。見物席からは、ざん、ざん、ざん、と手拍子をそろえてのおうえんだ。

「できたぞ。できたぞ」

なんて、やっとゴールにたどりついたときには、くろだ先生は、汗で汗で、まるで水をかぶったみたいだったぜ。

かたぐるま

ひとみのママさんも、めぐみも、ゴールで待っていたよ。みゆき先生やぬまちゃんもいたっけ。ひとみは、おぼえたてのスキップでそこいらじゅうをとびまわってる。

へたりこんだくろだ先生に、タオルを渡したのは、高校生ぐらいの女の子だったよ。

「なんだ、おまえも見に来たのか」

「よくがんばってたじゃん。ちょっと見直したわ」

「かっこわるいところを見られちゃったなあ」

って、くろだ先生はタオルで頭をごしごしやってさ。そいで、まわりのほかの先生たちに、

「ぼくのむすめです」とか言ってた。

ずっと長いこと、口もきいてもらえなかったらしいよ。やっと今日、声をかけてくれたんだってさ。

むすめさんは
「そんなこと、ここで言わなくたって」

とタオルをひったくってたけど、ぬまちゃんが
「女の子だもん、だれでもそういうときがあるのよ」

と言ったら、女の先生たちが「そうそう」ってうなずいてたよ。みゆき先生てば、うっすらなみだぐんじゃってさ。

なんだかんだで運動会も終わった。

しめくくりは、やっぱり校長先生のあいさつだよ。

「これまでたくさんの運動会を見てきたけれども、こんなにもみなさんがひとつになった運動会は、はじめてでした。みなさんのひとりひとりに、ありがとう！」

って、ちょっと声をつまらせたりしてね。

わざとらしいとまでは言いたかないけど、少しおおげさっぽいような気がして、ふひっと笑っちゃったよ。

するとめぐみがこづくんだ。

「人が感動しているときは、いっしょに感動しなさいよ」

そりゃまあそうだけどさ。

そんなことを言うなら、おれがはじけてるときには、めぐみにだってはじけてもらいたいもんだよ。

行進曲が流れはじめた。

二列にならんで、教室へ帰ってゆくのさ。

歩いていると、くつの中がもぞもぞする。

くつ下が、しわくちゃになってぬげかけてたよ。

めんどうだから、すっぽりぬいで、びろびろのやつをふり回しながら歩いてたら、まことの顔にぴしゃっと当たった。

「うっぷ」

まだ何もにおいなんかしてないのに、こいつもおおげさなやつだな。

そしたらめぐみがまた言うのさ。

「そういうの、やめてったら。ひとみがすぐにまねをするんだからね」

けれど、こればっかりはさすがのめぐみよりも、ひとみのほうが早かったみたいでね、さっそくぬぎかけてたよ――くつ下を。あんなに遠くからでも、あいつ、おれのことを見のがさないいんだ。すげえや!


次の日は、学校はお休みなんだけど、めぐみとはるかたちとは、いっしょにあそぶやくそくをしてたらしい。

ところが、ママさんも用事があって、おでかけなのさ。そしたら、ひとみが家でひとりになっちゃうだろ、そんなのだめだよな。だってひとみはあんまりちっちゃすぎるからね。

どうしよう、どうしようって言ってたら、

「てつじを呼べばいいじゃん」

なんて、ひとみはへっちゃらな顔をしてたそうだ。そういう話を、めぐみが電話でするわけよ。

「それで、どうかな？」

「どうかな、って？」

「うちに来ない？」

ママさんも、てつじくんなら来てもいいわよと言ってくれてんだってさ。

めぐみの横でひとみが、

「てつじー、来いよ。てつじー」

と声をはりあげてやんの。

おれが、もしも行かなかったら、ひとみはきっとひとりで、おれんちに来ちゃうだろうな。あいつはそういうやつだよ。

「すぐに来いよ、てつじ」

「ひとみったら、ちょっとしずかにしてよ」

そんなのがはっきりと聞こえてるんだぜ。

行くしかないね。

おれがめぐみの家に着いたときには、もうママさんとひとみしかいなかった。

おやつは、りんごをむいたのと、クッキーさ。

「二時間くらい、おねがいね」

と言って、ママさんも出ていったよ。

しかし、なにしろよその家だもんな。なるべくおとなしくしてなきゃと思ってたんだけど、ひとみはじっとしてられないんだ。

「こうしたら、ゴリラになるよ」

りんごをひときれ、前歯の外がわへ押しこんで、むふむふ言ってら。

そいで、おれにもゴリラになれって。

なったよ、ゴリラに。

おれたち二ひきのゴリラは、家ん中をあちこち歩きまわったぜ。

口の中のりんごをしゃりしゃり食べて、

「おもしろいなー、てつじ！」

ってひとみはごきげんだった。

たしかに、ちょっとおもしろかった。

それからひとみが持ってきたのは、ママさんの口紅だった。おしゃれをしようぜ、って言うのさ。

おたがいにぬりあったんだけどこれはあまりうまくいかなかったな。

てかてかの、まっかっかになって、そいでまた残ってたりんごで、ゴリラのまねをしたよ。おれたち、笑いすぎてくたくたになっちまった。運動会よりか、よっぽどつかれたよ。

おなかもすいてきたし、クッキーを食べようってことになってね。

そしたらひとみのやつ、三枚くらいをいっぺんにほおばるんだよ。そいで、

「ぷふーっ」

クッキーの粉を、口から飛ばすのさ。

まったく、えらいことを思いついたもんだ。

でも、ひとみのやんちゃもそこまでだった。

とろん、とねむたい目になってさ。

「ひと休みしてくるけど、起きてくるまで帰っちゃだめだよ」

と、ベッドにもぐりこんでしまったよ。

今のうちに、口紅をふき取って、ちらかったのをかたづけて――。

ママさんから電話があったよ。ひとみはどうしてる？ってね。

「寝ちゃった」

「そう。もう少しだけ、おるすばんしててもらっていいかな？」

「うん、ひとみが目をさますまで、ここにいるってやくそくしたもんな」

ママさんは、ごめんね、ごめんねってくりかえしてたけど、こっちだってすることがいっぱいあるからさ。あはは、いっぱいとはいったって、つまりはそうじだ。

ひとみのベッドのそばには、あのギターが立てかけてあったよ。もうひけるようになったんだろうか。さきに聞かせてもらっとけばよかったんだけどな。

そうそう、おれもひとつ思いついたことがある。いつもおんぶばっかりだったから、この次はかたぐるまをしてやろう。

なぞかけごっこ

帰ってくるのは、めぐみのほうが早かった。

「あっ、口紅をおもちゃにしてたね！」

とすぐに見つかってしまったよ。

しーらない、しーらない、とか言ってたぜ。

それから、「なんとかとかけて、なんとかととく。そのこころは――」てのを、おれにやらせるのさ。はるかたちとあそんでたのを、おさらいしてるわけよ。ずいぶんおもしろかったらしいぜ。

「てつじくん、キャラメルとかけて、なんととく？」

「ええ？　キャラメル？　キャラメルとかけて、キャラメルととく。そのこころは、どちらもキャラメル」

と言ったら、

「ばっかじゃないの」

と言われた。「うまく答えたら、あげようと思ってたのに」

そう言って、めぐみはキャラメルの箱を見せて、さっとかくしてしまった。

おれたちの声が聞こえたんだろう、ひとみがのこのこ起きてきてさ。

「わーい、てつじが来てるー」

ちがうだろ。来い、来いって言ったから来たんだろ。

そしたらめぐみがまた、あれをやるわけよ。

「ねえ、ひとみ。キャラメルとかけて、なんととく？」

「キャラメルとかけてキャラメルととく。そのこころは、どっちもキャラメル」

ほら見ろ。ひとみはちゃーんとわかってんのさ。

「ひとみ、えらいぞ！」

とほめてやったら、そっくりかえっていばってたぜ。

ちなみに、めぐみのお気に入りってのは、これだ。「おでんとかけて、心ととく。そのこころは――あったかいのがうれしいね」

「ははあ、なるほどね」

「たったそれだけ？」

とか言ってるうちに、ママさんも帰ってきたよ。口紅だらけのひとみを見て、

「なかなかきれいじゃないの」

と笑った。ほっとしたよ。

おみやげのシュークリームをごちそうになって、帰ることにしたんだけど、ひとみがくやしがってるのさ。

「おひるねなんかしなけりゃよかった。もっとてつじとあそべたのにー」

そいでさ、おれ、ひとみにかたぐるまをしてやったんだ。これでかんべんしろよ、って。

「かんべんしてやるー」

それはいいけど、肩の上であばれるな、ってえの。あぶなくてしょうがないよ。


しかし、おかしなものがはやるんだね。なぞかけごっこ——おおかた、テレビのまねなんだろうけどさ。

女の子たちのあいだではやっていたのが、だんだんクラスぜんたいにひろまっちゃって、みゆき先生も
「それじゃあ、こんどの学習はっぴょう会は、なぞかけごっこをやりましょうか」

と言った。

さんせい、さんせい、って声が多かったから、これで決まりというわけだ。

「みんなも、いろいろ考えてみてちょうだい。なぞかけごっこというのはね、かんけいの

なさそうなものを、おもしろくくっつけるあそびなのよ」

そう言って、みゆき先生は黒板に大きく「とけい」と「こおり」とを、ならべて書いた。

そして、

「とけいとかけて、なんととく。

とけいとかけて、こおりととく。

そのこころは――どちらもコチコチ」

と言った。だれも笑わなかったんで、先生は赤くなって、

「これはあんまりおもしろくなかったけど、たとえばこういうふうなのが、なぞかけごっこです」

と、黒板の字をさっさと消しちまった。

「いいのを思いついたら、だれでも手をあげて――はい、はるかさん」

「うらないとかけて、パン屋さんのえんぴつととく。そのこころは、これはうらない」

みゆき先生は、うまい、うまい、とほめてたけど、「うらない」ってなんなのさ。

めぐみまでが、ほほーって感心してるから、「うらないってなんだよ?」と聞いた。

それが先生の耳にも聞こえてたんだね。

「うらないというのは、いろんなものから、その人の運命とか、なくした品物のありかとか、わからないことを知るためのものよ。星うらないや、トランプうらないや、てつじくんもどこかで聞いたことがあるでしょう？　あれのことよ」

「みずがめ座とか、おとめ座とか？」

「そうそう」

「オリオン座に白鳥座とか」

とおれが言ったら、女の子らがどっと笑うんだ。そういうのは、星うらないには出てこないらしいよ。

そいで、手をあげて、

「オリオン座とかけて、白鳥座ととく。そのこころは、どちらも星うらないにはありません」

と、なぞかけごっこをやったんだけど、みんなぽかんとしてたぜ。どうもおれには、こういうのはむいてないみたいだな。

でも、おれのあとからあとから、つぎつぎに手をあげるやつが出てきたんだ。

ひろしは、こうだ。

「右の目とかけて、左の目ととく。そのこころは、どちらも目です」

まことは
「右の目とかけて、右の耳ととく。そのこころは、どちらも右にあります」

だと。

女の子たちは、ぜんぜんだめよ、ってさ。

みゆき先生は「くだらなさすぎて、ちょっとおもしろいわね」と言ってた。もっとも、そのすぐあとで、

「くだらないのがいいってわけじゃないのよ。それと、あんまりへんなのや、ばっちいのはだめですからね」

だってさ。このとき、おれと先生と、目がばっちりあっちゃって、おれがまだ何も言ってないのに、

「あ、てつじくん。今きみが考えてたの、そういうのがだめなの」

て言われた。このひとことで、クラスじゅうが大笑いになったよ。まいったね。

それからしばらく、みんななぞかけごっこのことを考えてたので、しずかなのがつづいてたんだけど、だれかが（男のやつだ）、

「てつじとかけて――」

とつぶやいた。そしたら何人かが、ぷぷっと笑った。

　みゆき先生も笑いながら、

「てつじくんとかけて、なんととく？」

と言った。はるかが、さっと手をあげて、

「てつじくんとかけて、石ころととく。そのこころは――煮ても焼いても食えない」

だと。先生は
「もっといいことを言ってあげましょうね」

なんて、ちょっとこまってたぜ。

「そんならぼくが」

と手をあげたのは、まことさ。

「てつじとかけて、ブレーキのこわれた車ととく。そのこころは、どうにも止まらない」

めぐみが「うまい！」と手をたたいてよろこんでるよ。

調子に乗って、まことのやつ、

「もうひとつできた。てつじとかけて、ねずみ花火ととく。そのこころは、めちゃくちゃはじけて、どこへゆくやらわからない」

なんて言うのさ。

どうしてみんな、そんなに大よろこびするんだい？　ついついおれも笑っちゃったけどさ。

プレゼント

だんだん寒くなってきた。

ぬまちゃんは、雪のことを心配している。

というのは、お休みごとに、しょっちゅうコマ作りのおじいさんのところへ行ってたから、雪になると、バスが止まったりでたいへんなんだよ。

「ほら、これ見てよ」

と、コマをひとつ見せてくれた。おじいさんのとはちがって、赤ではなく、ピンクの一本線がもようになっている。

おれにくれるのかなと思ってたら、

「もっといいのができてから」

と言われたよ。

あのおじいさんには、じゅうぶん売り物になると言ってもらって、もうお店にならべているそうだけどさ。

コマの話になると、ぬまちゃんは目がきらきらしてさ。なんだかかっこよかった。

「本気なんだねえ」

と言ったら、

「本気のなかでも、さいこうの本気よ」

だって。

おふろに入ってるときも、ごはんを食べてるときも、心の中じゃいつのまにか木をけずって、コマをこしらえているんだそうだ。

たくさん木のあるところでなくちゃ、いいコマが作れないから、そのうちにゆうこさんやおじいさんたちのところへ、おひっこししたいとも言ってたよ。

「うそ！」

「ふふっ、でもてつじくんたちが卒業するまでは、この学校をやめないわよ」

てことは、あと一年ちょっとだよな。

「みゆき先生がさびしがるぜ」

「うーん。だからまだみゆき先生にはないしょにしてるの」

まあ、そんな話を、中庭の花だんの前でしてたわけよ。

「さあ、もうひと仕事。てつじくんも早く帰りなさい」

って、ぬまちゃんが行っちゃったら、えへへと声がして、ひとみがあらわれた。

「てつじー、どうしよう」

「なんだよ」

「これー」

ひとみがだいてるのは、二ひきの子ねこだ。

「つれて帰るのか？」

「だめー。どうぶつはだめなんだ」

と言われても、おれんちもだめなのさ。

ずっと前に、子犬をひろってきて、暗くなるまですったもんだしたことがあってね。

「ひろったところへ、かえしにゆこう」

「いやー」

「じゃあどうするのさ」

「どうしよう」

おれたちは、学校の中で、このちっちゃなねこたちの住めるような場所をさがすことにした。

見回りの先生たちが来ると、ぱっとかくれたりしてさ、けっこうスリルがあったよ。

で、いいところを見つけたのさ。

うさぎ小屋だよ。

うさぎ小屋と言っても、もうずーっとうさぎはいないんだ。ぬすまれたとか、逃げちゃったとか、いろいろ聞いてはいるけど、さあ、ほんとうはどうなんだろうね。とにかく、その小屋はからっぽで、「かなあみ」のとびらも、ぐらぐらはずれかかってた。

「さむくないかな。おなかはすいていないかな」

ひとみは、小屋のすみっこでもぞもぞしている子ねこのことが気になってしかたがないのさ。

おれは

「明日、ぼろきれとミルクを持ってこよう」

と言った。

そいで、ふたりして校門を出たわけさ。

知らない先生に

「あんたたち、今まで何をしてたの！」

と言われちゃったよ。ひとみったら、

「かくれんぼ」

なんて、うまいこと言ってた。

ずいぶんおそくなってたんだけど、ひとりでだいじょうぶだって言うし、ひとみとはとちゅうでわかれた。

ところが、おれ、家に帰っても、へんにもやもやするのさ。こういうのって、何かの知らせなんだぜ。超能力の本にはそう書いてあったよ。

そしたら、電話だ。めぐみからだった。ひとみが、帰って来るなり、また飛び出したんだって。おれんちに来てないか、って言うのさ。

ぴん、と来たよ。

「こっちにはいないけど、おれは知ってる。一時間以内につれてゆくから、心配するな」

って言っといた。

学校へ、飛んでいったよ。ママには、忘れ物をしたって言っといた。いや、落とし物だったっけ。どっちでもいいや。

もちろん、校門はしまってたさ。

そこへ、首だけつっこんで、ひとみが

「にゃあ、にゃあ」

と言ってる。足もとには、ぼろきれと牛乳のパックがあった。

ひとみは、ねこたちを呼んでたんだ。自分はここからはいれないから、門のところまでミルクを飲みに来い、ってわけだよ。

「ひとみ」

「あっ、てつじー。ねこは来ないよー」

おれもいっしょになって、にゃあにゃあとねこを呼んだ。

そしたら、人間が来た。学校の中から――。

「なんだ、きみたちは？」

運動会のとき、三人でスキップをやった、あのくろだ先生だった。もちろん、おれたちのことをおぼえてたよ。

わけを話すと、中へいれてくれた。

うさぎ小屋には、ちゃんと子ねこが二ひきいたぜ。

で、くろだ先生が言うのさ。

「きみたち、これはぼくにゆずってくれないか。むすめが、ねこを飼いたがっててね」

ひとみにはかわいそうだけど、くろだ先生につれて帰ってもらうほうが、ねこたちにもいいよな。

さいごにはひとみも「わかったー」と言ってくれた――半分べそをかきながら。

めぐみや、ママさんには、くろだ先生かられんらくしてもらって、「てつじくんがちゃんとつれて帰ります」ということになったよ。

それでまた、おんぶさ。

おれは、せなかのひとみにやくそくしたんだ。大人になったら、いっしょにねこを飼おうぜ、ってね。

そしたら
「ねこよりか、犬のほうがいい」

ってよ。犬でもいいさ。けど、あんまり大きいのはごめんだぜ。

しばらくしてから、ひとみがぽつりと言った。

「きっとてつじは来ると思ってた」


そいで、一週間ほどして、おやじが電話をかけてきた。クリスマスに何か送ってくれるんだそうだ。

「てつじは何がほしい？」

「そうだな。ぬいぐるみがいいな」

「へえ。どんなやつだい？」

「ちっちゃいねこと、ちっちゃい犬と」

「わかった。さがしとくよ」

「で、そのぬいぐるみをさ、だれかにあげてもいいかなあ？」

「だれかって、だれだよ」

「ひとみさ。一年生の女の子さ」

てなことがあって、おやじからぬいぐるみがとどいたわけさ。

それをそのまんま、つつみもあけずに取っといて、クリスマスの前の日に、持っていってやったんだ。めぐみもママさんもいたっけ。

ひとみのやつ、ありがとうを言うよりさきに、ばりばり紙をやぶいて
「うわあ」

と言ってたよ。

じゃあな、って帰ろうとしたら、ギターをひいてやるってさ。

あれはちゃんとした曲なのかなあ。でたらめなようにも聞こえたけれどね。

そいで、ひとみはノートを見せてくれたぜ。表紙には
「てつじのだいぼうけん、ふたたび」

なんて書いてある。ペンネームはあいかわらず「こぐまのポン吉」だ。

　ぺらぺらとめくっていたら、おしまいのほうで、

「てつじはすっかりへこたれてしまった。しかし！」

と、くたびれたおれが出てきて、次のページでは、そのおれがひとみをおんぶしているわ

けよ。

「ひとみをおんぶすると、てつじにはエネルギーが**ほきゅう**されるのだ。ゆくぞ、やるぞ、てつじだぞ！」

あはは、ありがとよ、ひとみ。

（了）

著者　ゆき

1957年、大阪府生まれ。神戸大学法学部卒業。2000年に「大西　幸」名義で第80回オール讀物新人賞を、2012年に第10回北日本児童文学賞最優秀賞を受賞。本作で第７回朝日学生新聞社児童文学賞を受賞する。

表紙・さし絵　かわい みな

イラストレーター。名古屋市立大学芸術工学部卒業。著書に『水彩色鉛筆ではじめる　ぬりえの塗り方上達レッスン』（ソシム）、装画を担当した本に『君に太陽を』（集英社）がある。http://kawaimina.wixsite.com/works

ゆくぞ、やるぞ、てつじだぞ！

2017年２月28日　初版第１刷発行

著　者　ゆき

DTPデザイン　松本菜月

発行者　植田幸司
発行所　朝日学生新聞社
〒104-8433　東京都中央区築地５-３-２　朝日新聞社新館９階
電話　03-3545-5227（販売）
03-3545-5436（出版）
http://www.asagaku.jp/（朝日学生新聞社の出版案内など）

印刷所　株式会社 シナノ パブリッシングプレス

ISBN978-4-909064-04-2

乱丁、落丁はおとりかえいたします。

朝日学生新聞社児童文学賞　第７回受賞作「ゆくぞ、やるぞ、てつじだぞ！」を朝日小学生新聞2016年10月～12月の連載後、再構成しました。